다시 사막에서 열흘

다시 중앙아시아 여행 시와 산문

사막에서
열흘

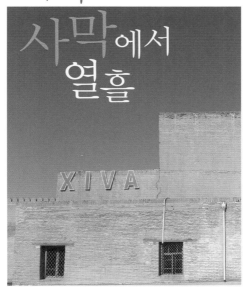

김금용 · 김우남 외 지음

책만드는집

| 차례 |

김우남

우즈베키스탄 신화의 도시를 걷다 · 12

김금용

붉은 모래, 키질쿰 · 26

공생 · 27

낙타에게는 · 28

사막의 자고새 · 30

사막의 신부꽃 · 31

아버지의 뿔 · 32

목화밭, 굽은 등 · 33

김영재

녹피 경전 · 36

낙타는 냄새로 폭풍을 예감한다 · 37

타클라마칸 · 38

우즈벡 아리랑 · 39

티무르 황제 • 41

사막은 좌우가 없다 • 42

사막 열흘 • 43

김일연

사막의 신부 • 46

아이다르의 음화 • 47

등대 • 48

이젠 나를 잊어요 • 49

유르트의 하룻밤 • 50

가시풀 • 52

사막으로 • 53

김지헌

도원을 찾다 • 56

야생 • 57

유성우 • 58

아이다르의 늑대 • 59

먼 길 · 60

피는 물보다 진하다 · 61

사마르칸트 · 62

김추인

노을을 인화하다 · 66

쿠믈리스탄을 찾아서 · 68

모래 경전 · 70

자벌레 · 72

사막의 공식 · 74

나는 네가 지난여름에 한 일을 알고 있다 · 76

부하라의 아침 · 78

윤효

타슈켄트 · 82

동행 · 83

차르박 호수 · 84

아이다르 호수 · 85

한소식 · 86

알라 · 87

소설가 이상문 · 89

이경

펜 · 92

사막의 도적 · 93

숨 · 94

사막의 신부 · 95

기둥 박물관 · 96

크고 무거운 책 · 98

아이다르 호수의 저녁 물 · 99

이경철

경계의 꽃 · 102

이슬람 문양 홀씨들 · 103

모닥불 둥근 춤 · 104

비췻빛 청공 소실점 · 106

천산에 핀 종이꽃 · 107

치르치크 강강술래 · 108

부하라 광장의 춤 · 109

최도선

고려인 · 112

그 도시에 먼저 온 아르카디아 · 114

목화나무 아래서 · 116

사막에서의 하룻밤 · 118

실크로드 오아시스 사람들 · 120

잠든 방을 깨우다 · 122

푼크툼 · 125

홍사성

운명론을 명상함 · 128

사막을 건너는 법 · 129

기둥이 된다는 것 · 130

나는 눈을 감고 있었다 · 132

왕의 뒷모습 · 133
꿈꾸기 좋은 밤 · 134
영광을 위하여 · 135

이상문

입술 · 138

이정

사마르칸트의 밤 · 164

약력 · 177

김우남

우즈베키스탄 신화의 도시를 걷다

1. 내가 주인인 땅

타슈켄트 공항에 도착할 때까지 나는 우즈베키스탄에 대해 아는 것이 거의 없었다. 낮에는 모래를 먹고 밤에는 모래를 덮고 잔다는 속설, 최근까지 소련의 지배 아래 있었다는 것, 이름도 비슷한 아프가니스탄 인근 지역이니 과격 테러나 IS 출현을 조심하라는 우려가 전부였다.

그러나 우즈베키스탄은 위험하지 않았다. 오히려 그 나라에 흔하디흔한 양들처럼 온순한 사람들이 살고 있었다. 앗살람 말라이쿰(안녕)! 눈길이 마주치면 만개한 꽃처럼 활짝 웃는 사람들, 함께 사진을 찍자며 냉큼 사진기를 들이대는 젊은이들, 엉덩이를 뒤로 빼며 부끄러워하는 아이들. 잃어버린 우리들의 옛 얼굴이 거기 있었다.

우즈베키스탄, 키르기스스탄, 아프가니스탄, 카자흐스탄……. '-스탄'이 '땅'을 의미한다는 사실도 처음 알았다. '-탄(딴)=땅' '항=왕王' '스브=물水'처럼 언어학적으로 우리말과 비슷한 단어가 많다고 하니 더욱 친밀감이 느껴졌다. 뭐니 뭐니 해도 우즈베키스탄의 본뜻을 알았을

때의 놀라움이란! '내가 주인인 땅'이라니! 세상에나, 이
만큼 주체성이 강한 나라 이름이 또 있을까? 그것은 '천상
천하유아독존' 이후 처음 만난 당당한 자기 선언이었다.

2. 세상의 아름다움, 사마르칸트

　여기는 사마르칸트. 중앙아시아에서 가장 오래된 도시
이자 우즈베키스탄의 옛 수도다. 많은 시인들에게 영감을
주고 탐험가들의 꿈을 일깨웠다는 도시. 알렉산더 대왕이
"내가 그동안 상상했던 것보다 더 아름답다"라고 말했던
땅이다. 에드거 앨런 포마저 "그대여, 이제 사마르칸트를

둘러보라! 땅의 여왕이 아닌가? 그녀의 자존심이 모든 도성들보다 높지 않은가?"라고 읊조리지 않았던가.

사마르칸트 곳곳에 티무르 동상이 서 있다. 칭기즈칸을 닮고 싶었던 잔인한 독재자, 천하를 호령하는 절름발이 황제, 이름도 칭기즈칸의 아명 테무친을 딴 아미르 티무르 대제. 우즈벡인들은 티무르를 '민족의 아버지'라고 부른다. 칭기즈칸이 이끄는 몽골 군대에 철저히 파괴되어 역사의 지도에서 지워질 뻔했던 사마르칸트를 티무르가 왕국의 수도로 정하며 이전의 영광을 회복시켜놓았기 때문이다. 초원을 차로 달리는 중 양 떼를 보고 고려인 4세 현지 가이드 율리아가 "양 열 마리에 염소 한 마리입니다"라고 표현했다. 우둔한 양 열 마리를 똑똑한 염소 한 마리가 이끌어서 길을 안내한다는 것이다. 아, 사람이고 짐승이고 어느 집단이나 리더십이 중요하구나. 리더가 누구냐에 따라 그들이 가는 방향과 길이 달라지는 거겠지.

티무르의 영묘 '구르 아미르'를 둘러본 후 비비하눔 모스크에 갔을 때였다. 저 무서운 티무르 제왕의 마음을 사로잡은 여인 비비하눔에 관한 전설 '운명의 키스'를 내 눈으로 확인할 참이었다. 인도로 원정 간 남편 티무르를 위해 비비하눔이 사원을 짓던 중 사원 건축가의 구애에 굴복하여 키스를 허용했다는 이야기는 내가 책을 통해 아는 내용이었다. 한데 원정에서 돌아온 티무르가 왕비의 볼에 남은 키스 자국을 보고 건축가와 왕비를 첨탑 아래 떨어뜨려 죽게 했다는 이야기에 대한 율리아의 의견은 달랐다. 왕비가 티무르보다 8세 연상이라는 것, 비비하눔의 미모는 뛰어나지 않았지만 총명함에 티무르가 반했다는 것, 그녀가 58세까지 생존했다는 기록이 있다는 것이다. 율리아는 역사적 사실과 다른 엉터리 이야기가 떠돈다며 걱정했다. 그녀는 우즈베키스탄에서 내셔널 라이선스를 가진 몇 안 되는 가이드 중 하나였다.

율리아의 말을 듣는 동안, 추석 무렵 보았던 영화 「남한산성」이 떠올랐다. 명분을 중시 여기는 김상헌과 실리를 따라야 한다는 최명길의 심리적 갈등을 묘파한 작품. 그런데 영화의 막바지에 김상헌이 자결하는 장면이 나온다. 나는 고개를 갸우뚱했다. 내가 알기로 김상헌은 심양에서 10년 동안 살다가 돌아왔기 때문이다. 언제부턴가 우리 사회에 팩션이라는 장르가 유행이다. 팩트fact와 픽션fiction의 결합, 사실과 허구의 조합. 극적 효과를 극대화하려는 의도겠지만 실존 인물인 산 자를 죽은 자로 처리한 것은 지나친 것 같았다. 율리아가 비비하눔에 대한 세간의 억지를 못마땅하게 여긴 것도 내 생각과 비슷하지 않았을까 싶었다.

3. 별 쏟아진다! 별 받아라!

고대도시 부하라로 이동하려면 아이다르 사막을 지나는데 그 가운데 바다처럼 넓은 호수가 있다. 아이다르 호수. 1951년 시르다리야강이 범람하여 생긴 것이란다. 나는 그 짭짤한 물에 발을 담그며 꿈같고 기적 같은 사실에 탄성을 질렀다. 사막 한복판에 깊고 푸른 물이라니!

세상의 모든 빛과 소리가 끊어진 밤, 모래 바닥에 누워 올려다본 하늘은 별들의 낙원이다. 주먹보다 큰 별이 포도송이처럼 바로 코앞에 주렁주렁 매달려 있었다. 오래전 시골집 마당에서 오줌 누며 올려다본 밤하늘이 꼭 그랬다. 이웃에 사는 양치기들이 악기를 들고 와서 우즈벡 전통음악을 들려주었다. 단조로운 사막 생활만큼이나 음악

16

도 고저장단 없이 잔잔하고 평화롭다. 우리 일행은 하늘을 무대 삼아 흐느적흐느적 리듬에 몸을 맡겼다. 모닥불이 꺼져갈 때쯤 적막이 찾아오고 대한민국에서 온 남정네들이 목청껏 사랑의 노래를 불렀다. 아, 외로운 사막늑대들의 울부짖음이여.

아드리아 사막의 밤

물 없는 사막에서 세상의 기원을 보라.
수만 년 전 기억들이 툭툭 주먹별로 되살아나고
어린 양 얇디얇은 자궁 속 유르트에 웅크린 채
소리 없는 곳에서 소리를 듣는다.
이 썩을 놈들아.
탄생의 순간 내지르는 어머니의 울음소리다.

4. 부하라, 한 권의 통사通史 책

"다른 곳에서는 빛이 하늘에서 내리비치지만, 부하라만큼은 빛이 땅에서 하늘로 향한다."

그만큼 신비로운 빛과 색채를 가진 부하라는 도시 전체

가 20미터에 달하는 문화층을 가진 유적군이다. 고대문
화층, 중세문화층……. 지금 지상에 노출되어 있는 유물
들이 지층에 묻혀 있던 것을 파헤쳐서 찾아낸 것이라고
한다.

　부하라의 상징인 칼란 미나렛은 높이가 자그마치 46미
터다. 대상들의 이정표 혹은 사막의 등대 역할을 했다는
데 그곳에 올라가 사방을 둘러보면 거기가 사막 속 오아시
스라는 걸 한눈에 알 수 있다. 이 탑에도 전설이 있다. 칭
기즈칸이 이 탑을 올려다보는 순간 그의 모자가 땅에 떨어
졌다. 모자를 주워 쓰며 그가 말했다. "이 탑은 내 머리를
숙이게 했으니 파괴하지 말라."

　해가 지자 라비하우스 분수광장으로 사람들이 모여든
다. 색색의 분수가 하늘로 솟구치고 남녀노소 할 것 없이

음악에 맞춰 춤을 춘다. 밤늦도록 양꼬치 굽는 냄새가 진동한다. 이곳이 부하라의 명소다. 기껏해야 동네 공원의 연못만 한 물웅덩이가 있을 뿐이다. 그렇지, 여기가 사막이지. 그러니 저만한 물웅덩이조차 기적일 수 있지. 하마터면 슬쩍 둘러보고 그곳을 다 안다고 큰소리칠 뻔했다.

분수광장 옆에 말을 탄 할아버지 동상이 서 있다. 그가 우즈벡인들이 제일 좋아하는 나스레딘 호자다. 그는 우리나라의 봉이 김선달 같은 인물로 바보스럽기도 하고 지혜롭기도 한 일화가 많다. 재래시장 바자르에 가면 우스꽝스런 그의 모습을 본뜬 인형이나 기념품이 즐비하다. 우즈벡 사람들이 잘 웃고 낙천적으로 보이는 점과 나스레딘 호자를 좋아하는 심성이 통하는가 보다. 누군가를 좋아한다는 건 그 누군가를 닮고 싶은 것일진대.

5. 유적이란 고물인가? 보물인가?

초원의 길

톈산 산맥 끝자락 잡힐 듯 말 듯
붉은 모래가 검은 모래로 몸을 바꾸는 곳

등 굽은 낙타는 안 먹고 안 마시고
하루 이백 킬로를 걸을 수 있다지만
온통 낙타풀 가시와 전갈, 독사, 사막여우 숨어 있는데
실크로드 그 화려한 이름에 홀려
혜초며 현장이며 그 푸른 이마
휑한 모래바람 길 걷고 걸었다니
젠장할! 저 사나운 바람
그저 막막한 울음소리뿐이네

　　키질쿰 사막을 달리고 달려 도착한 히바. 햇볕에 말린
흙벽돌로 쌓아 높이 올린 성곽도시. 사방을 둘러봐도 온
통 황톳빛 세상이다. 외성과 내성이 있는데, 내성인 이찬
칼라 안에만 13개의 박물관, 20개의 사원, 20개 신학교,
6기의 미나렛이 배치되어 있으니 히바 도시 전체가 박물
관 도시로 유네스코에 지정될 만하다.
　　히바의 밤은 더욱 특별하다. 황톳빛 건물들이 색색의
조명을 받고 우뚝우뚝 서 있는 그 안으로 들어서면 타임머
신을 타고 2천 년 전으로 돌아간 듯하다. 마치 시간의 동
굴로 들어가 고대 제국의 신화를 체험하고 있는 듯 몽롱
하고 환상적이다. 아, 나 어떤 귀한 인연이 있어서 이 땅에
발을 디디게 되었을까.
　　고대도시인데 유물과 유적으로만 보존되어 있지 않고

그 성안에 사람들이 산다. 구불구불 골목길이 많아서 자
칫하면 길을 잃을 수도 있다. 유적지 안에 레스토랑과 커
피숍, 양털과 실크로 만든 기념품을 파는 가게들이 빼곡
히 들어차 있다. 한쪽 귀퉁이가 깨지고 색깔이 바랜 유적
들, 싸구려 물건들로 관광객을 부르는 우즈벡인들이 화려
했던 과거의 쓸쓸한 흔적처럼 보였다.

6. 역사를 어떻게 줄입니까?

이슬람 문화는 중동에 가야 볼 수 있다고 생각했기 때문
일까, 우즈베키스탄이 러시아가 아닌 이슬람 문화권에 있
다는 게 놀라웠다. 타슈켄트의 유명한 신학교 '바락 칸 마

이슬람 문화의 상징인 푸른빛 돔을 머리에 인 주마 모스크   2017년 우즈베키스탄을 다녀와서

드라사' 맞은편 도서관 안에는 세계에서 가장 오래된 이슬람 경전인 오스만 코란이 보관되어 있다. 양피지로 만든 그 코란을 보고 나오며 누군가 "한 손에는 칼, 한 손에는 코란"이라고 했나 보다. 율리아가 낮은 목소리로 또박또박 힘주어 말하는 것 아닌가.

"서구 사람들이 이슬람을 폭력적, 호전적이라고 말하는데 그렇지 않습니다. 코란을 보면 불교의 자비 사상, 기독교의 인류애적 사랑이 똑같이 담겨 있습니다. IS는 정통 이슬람 교리에 반대되는 극단적인 집단일 뿐입니다."

우즈베키스탄 여행 덕분에 이슬람교에 대한 나의 편견이 많이 깨졌다. 거기에는 현지 가이드 율리아가 한몫했다. 그녀는 코란뿐 아니라 이슬람 여성들의 히잡 착용에 대해서도 다른 목소리를 냈다. '부르카'와 달리 히잡을 무

조건 여성 착취로 보는 것 또한 편견이라고 했다. 히잡은 뜨거운 태양에서 몸을 보호해주는 기능이 크며 그 안에는 온갖 화려하고 비싼 장신구가 숨겨져 있단다. 이슬람교가 전 세계에 급속도로 전파될 수 있었던 것은 칼에 의한 무력이 아니라 세금 면제 등과 같은 유화정책 덕분이라고 하지 않던가.

"역사를 어떻게 줄입니까?"

일행 중 한 사람이 유적과 유물에 대해 열심히 설명하는 율리아를 보고 대충 말해줘도 된다고 했을 때 그녀가 대꾸한 말이다. 율리아가 '내가 주인인 땅'의 우즈벡인, 나스레딘 호자를 사랑하는 사람, 척박한 환경을 헤치고 꿋꿋하게 살아난 고려인의 후손이라는 생각에 나는 고개를 끄덕였다. 이북 사투리를 닮은 그녀의 억양이 아직도 귓속에서 쟁쟁거린다.

김금용

붉은 모래, 키질쿰 외 6편

깔보지 마라
모래는 불멸의 꽃
사막에서 살아남는 유일한 생명

하찮은 것에서
가장 단단한 살의로 견뎌내는 시

맨발로 우는 붉은 모래
귀가 아프다

공생

사막에서는
가난조차
주먹 쥔 손을 놓는다

오직 새파란 하늘과 단둘이
웃통 벗고
높고 낮음 없이
씨름 벌인다

먹이 구하러 나왔던
전갈 한 마리
사막여우 한 마리
누가 이길지 씨름판에 둘러앉아
공론공박하다 잠이 든다

낙타에게는

마지막 여름이 될 것이네
낙타에게는

수십 년 동안 내리지 않은 단비
나무들은 더 이상 낙타에게 줄 수액을
만들지 못하네 어디에고 보이지 않는 푸른색
등지고 선 하늘조차 모래바람에 덮여
굶주린 하이에나가 되네
막힐 것 없는 벌판, 보름달 주위를 맴돌며
하얗게 표백된 길 없는 사막의 거친 삼베 위로
몸 눕히네 맑은 기억을 지우네
절망조차 죄가 되는 사막 허허로운 모래밭 위로
둥글린 보름달 빈 자궁 속으로 들어가네
회항하는 연어가 꼬리를 치켜들고
말 더듬는 모래바람 귀 막으며

마지막 사랑이 될 것이네
낙타에게는

사막의 자고새

바람조차 논스톱으로 달리는
키질쿰 사막 한가운데서
자고새가 곡예를 펼친다
달리는 차량을 막아서다가
잠깐 날갯죽지를 펴 위기를 벗어난다

팥죽 끓어넘치듯 녹아내리는 아스팔트
뚫린 그 구멍 속으로 겁 없이 머리를 박는 자고새,
흔들리는 차량에서 떨어지는
옥수수씨, 목화씨, 콩 몇 알과 흩어진 밀가루를 쪼는
저 새의 한 줌 목숨이
정수리를 친다

식량이 되지 못하는
이방인의 쓸데없는 마음 몇 알
버스 바퀴 밖으로 밀려난다

사막의 신부꽃

사막은 다 숨 막히는 줄 알았지
숨 막혀서 사랑할 일도 없는 줄 알았지
키질쿰 사막에 줄을 대고
아무다리야강 물줄기를 빨아올리며
가시 끝에 깨알꽃 단 연분홍 부케 꽃

만지면 지워질까 봐
푸른 잎맥 터질까 봐
가시잎에 투명한 이슬방울 채워
열여섯 살 우즈베키스탄 신부의 품에
안기는 붉은 연민,

아버지의 뿔

평생 아이다르 사막 밖을 나가본 적 없는 아버지, 양의
뿔 두 개를 귀에 꽂고 아들이 그랬듯이 사막 건너편 바깥
세상을 내려다본다 푸른 해를 잡으러 간 아들이 사막을 건
너 한국으로 떠난 뒤에도 묵묵히 아이다르 호수 저편을 지
켜만 본다 호기롭게 양 스무 마리 값을 보내준 아들이 손
가락 다섯 개가 잘린 채 돌아왔을 때, 더 이상 양의 뿔이 보
이지 않게 유르트 어둔 바구니에 처박고, 아버지는 도통
말이 없다 단지 모래바람에 밀려온 빈 페트병을 부대에 주
워 담을 뿐, 푸른 해를 보았냐고 아들에게 더는 묻지 않는
다 관광객이 버리고 간 페트병과 캔이 돈이 될 줄이야, 이
제 집안엔 양 다섯 마리와 당나귀 한 마리뿐, 양들이 끄는
돈 수레에 새까만 연미복을 입고 돈 자루를 어린 신부에게
던져주는 꿈을 꾸던 아들을 흔들어 깨운다 돈과 불, 물, 나
무, 달, 오행을 높이 깃발로 달아놓고도 벗어나지 못하는
가난, 페트병 부대에 꾹꾹 눌러 담는다 푸른 태양이 있긴
하던가, 별무리 하나 둘 스러지는, 신작로로 걸어나가는
당나귀 뒤편으로 하얀 뱀이 굽이치며 두 사람의 그림자를
쫓는다 앞길이 보이지 않는 사막 한가운데로 푸른 해가 언
뜻 오로라로 얼비친다

목화밭, 굽은 등

1

목화솜 하얗게 펼쳐진 너른 우즈베키스탄 들녘, 미루나무 그림자 길게 늘어지는 목화밭 길을 당나귀가 목화솜 한짐 싣고 지나간다 오백 원 일당에 온종일 목화솜 따는 어린 소녀의 처지고 굽은 등을 싣고 붉은 노을 속으로 들어간다

2

머리를 잘라 판 돈으로 서울행 기차표를 끊고 산골 집을 도망쳤던 아이, 솜틀 시끄럽게 돌아가는 판자 방에서 밤새 찌든 목화솜을 털던 열여섯 살 순희, 세 아이의 도시 엄마가 된 뒤에도 시장 좌판에서 목화 이불을 쌓아놓고 손님을 기다린다

털벙, 오버랩 되는 미루나무 풍경,

김영재

녹피 경전 외 6편

사슴이여 야생이여 그대 가죽을 벗겨

인간을 인도하는 신의 말씀 기록하노니

사막의 모든 족속들은 머리 숙여 경배할지니

사람이 한 번이라도 제 가죽에 경전을 적어

형제를 깨우쳤으며 제 몸을 헌신했느냐

녹피여 그대는 영생으로 뭇 생을 구했나니

낙타는 냄새로 폭풍을 예감한다

낙타가 멈춰 섰다
모래폭풍 몰려오려나

앞무릎을 꿇는다
사뭇 조심스럽다

콧등을 벌름거리며
바람 냄새를 맡는다

타클라마칸

없는 길 열어가며 건너간다 타클라마칸

가는 사람 많았어도 돌아온 사람 없다

어차피 돌아올 수 없는 우리가 가는 그 길

우즈벡 아리랑

고국 떠나 유랑하던 고려인이 키운 목화

우즈벡 너른 초원 팝콘으로 피었다

무작정 목화밭 들어가 아리랑 춤을 췄다

Amir Temur
(1336-1405)

티무르 황제

황제는 다리 한쪽 기꺼이 내주었다

한쪽 다리 내주고 제국을 얻었다

제국을 호령했지만 곧게 서지 못했다

사막은 좌우가 없다

사막 횡단 차창 밖 전후좌우 모래다

졸다가 깨어나 이 생각 저 궁리 해봐도

사막은 모래뿐이다

좌우가 없었다

종일을 가도 가도 아스라한 모래 위에

살아 있기도 했지만 죽어 있는 호양나무

생사가 별게 아니었다

그 모습 당당했다

사막 열흘

버리고 온다는 게 더 가지고 돌아왔다

낙타를 탄다는 게 낙타에게 끌려다녔다

발자국 지운다는 게 무수히 남겨놓았다

김일연

사막의 신부* 외 6편

여기서 살기에는
너는 너무 여리고

작고
투명하고
바람에 가냘프구나

널 위해 해줄 것 없는

무변광대
외로움

* 키질쿰 사막에 피는 꽃.
.

아이다르의 음화

구름의 구레나룻이 거뭇하게 자라 있다

적막의 흰 뼈들이 화석 되어 잠겨 있는

광활한 호수와 하늘이 맞붙는 밤이 온다

골짜기에 흩뿌려진 은한이 눅진하면

우주에서 떨어지는 한 꽃잎의 무게로

별들이 마른 내 입술을 제 입술로 덮는다

등대*

무릎을 내려 꿇던 낙타의 순한 눈동자

한 푼을 구걸하던 집시 소녀의 눈망울이

불 꺼진 바닥을 딛고 보고 있을 별빛들…

* 그 옛날 사막의 등대… 지금은 꺼져버린.

이젠 나를 잊어요

쉰여섯 번째로 지상의 이사를 끝내고

돌아가신 엄마가 통곡을 해 잠을 깼다

삼계三界가 꿈만 같다는데 어쩌려고 그래요?

차가운 바닥에서 새우잠을 자고 있는

유목민 되어 떠도는 이젠 나를 잊어요

가슴에 달아드릴게요 이마 위 북극성을

유르트의 하룻밤

쏟아지는 별빛에 두 눈이 아프더니

밤사이 눈꼬리가 짓물러 버렸구나

누워서 널 안던 자리 거친 사막이었네

장작불에 타오르던 춤은 끝나버렸나

타고 남은 잿더미만 부끄러이 남기고

사람들 서둘러 떠나는 추운 아침이었네

가시풀

뉘 휘파람 불어
돌아보니
황야荒野였어

목마른 먼지 속에
막막한 고요 속에

조그만 숨소리 있어

돌아보고
보았어

사막으로

새는 솟아 시원하게 날아볼 만하고

바람은 가슴 펴고 한껏 불어볼 만한

인생이 육십부터라면 사막에서 시작하자고

김지헌

도원桃源을 찾다 외 6편

타클라마칸과 쿠무타거를 거쳐 키질쿰 사막
부하라에서 히바로 가는 일곱 시간
낙타풀과 사막소나무가 제 영토 지키는
붉은 모래땅을 달린다

몇십 년을 사막 같은 남자와 살았는데…
누군가 적막을 깬다
우리는 모두 웃었지만
외로움의 서식처를 찾아 사막을 헤매는
초원의 이리 떼처럼
붉은 모래땅을 죽을힘 다해 달린다
모래폭풍이 지축을 흔들며 달려온다
숨을 곳이 없어 오히려 무한해진 모래땅
지도에서 사라진 도원이 여기인가
시작과 끝이 없어
아예 돌아가는 길을 지워버린다

야생野生

우즈베키스탄의 소와 양들은
매일 새벽 시간에 맞춰
일제히 초원으로 출근하고
해가 기울면 줄지어 우리로 돌아온다
집집마다 대문과 우리가 활짝 열려 있다

우리나라엔 실업자가 넘치는데
이 나라에선 가축들도 정규직으로 일하고
퇴직 후엔 소신공양으로
일생을 거룩하게 마친다

특별한 날 레스토랑에서 스테이크를 썰며
일생 동안 최선을 다한 소에게
마음을 다해 경배드린다
세상이 환하다

유성우

오래전 내가 뱉은 말들이

모두 별이 되어 박혀 있었다

사막의 유르트에서 만난 떠도는 말들

캄캄한 길에서 미지의 세계를 그리던 순은의 한 시절

삐뚤빼뚤 써 내려간 일기장의 글자처럼

유르트에서 올려다본 하늘엔

항로를 잃은 언어들이 아득히 빛나고 있었다

바로 그때 별똥별이 지평선을 향해

장검으로 힘껏 달을 내리쳤다

아이다르의 늑대

그녀가 보이지 않는다
아이다르의 석양에 반쯤 눈이 풀린 우리는
지평선 끝 사막의 유르트에서
이제 막 커튼을 내리고 있는 달빛에
할 말을 잊은 채였다

아까부터 그녀가 보이지 않는다
유르트 밖은 사막의 들짐승이 우글거린다는데
별들이 하나 둘 이마를 짚어줄 때까지도
좀체 보이지 않았다
잠이 올 것 같지 않아 원주민 청년이 연주하는 악기 소
리에
원무를 추기 시작했다
그때쯤이었다
멀리 실루엣이 보이더니 그녀가 돌아왔다

소설을 쓰는 그녀는 방금
집필실을 마련하고 소설을 막 탈고한 참이라고 했다

먼 길

－고려인 니콜라이 김

이른 아침부터 새들이 난장을 친다
어귀엔 늙어 귀 어두워진 느티나무
가지마다 모국어로 옹알이하던 수만의 잎사귀들
거처하던 방마다 야무지게 한 시절 새겨 넣고
긴긴 겨울밤 야차 夜叉에게 내쳐
북방에서 홀로 돌아온
어느 집 가장의 긴 한숨 소리
느티라고 발음하고 마음을 헤아려본다
중심에서 밀어내고 또 밀어내며 없는 길 헤치고
가까스로 잎 틔우는 느티나무처럼
결연한 의지 북방의 하늘에 두고
먼 길 돌아 늙은 아내에게 돌아오던 날
뜨거운 시절 이미 지나가고
말이 필요 없는 나이가 돼버렸으니
젊은 날을 탕진하고 돌아온 지아비를
말없이 품어준다
가을 산자락 같은 아내는

피는 물보다 진하다

옛적 러시아 땅에서 나고 자란
모국어 대신 러시아 말이 훨씬 유창한
고려인 4세 율리아는
서툰 모국어로 한국 사람들에게 관광 가이드를 한다
유적지에서 열정적으로 우즈벡 역사를 설명하다가
누군가 인터넷 검색으로 얻은 지식으로 질문이라도 할
라치면
개 풀 뜯어먹는 소리라고 입에 거품을 물고
한눈이라도 팔라치면
가차 없이 지적하며 고객을 주눅 들게 한다

그런 그녀도 어느 날 갑자기 입맛이 변하더니
러시아 음식이 비위에 안 맞고
러시아 남자의 노린내도 염증이 나서
마늘 냄새 나는 고려인 남자와 결혼했다 한다
고려인 5세를 기르며
집안이 모두 같은 피를 이어가고 있다고
자랑스러워하는
영락없는 고려인이었다

사마르칸트

포악한 군주가 역사를 창조한다
시간이 지나면 포악은 사라지고 그의 치적만 남는다
도시 전체가 파란 타일로 건축된 사마르칸트
이른 아침 도시는 안개에 젖어 있고 아미르 티무르는 레
기스탄 광장에서 여전히 국가를 지배하고 있다

그의 빈자리를 채울 권력자는 아직 나타나지 않았다
그는 백성들을 빈틈없이 통치하고 관광객들은 그를 보
겠다고 몰려와 이 나라 백성들을 먹여 살리고 있다
아미르 티무르가 전투한 총 기간은 170일, 전투에서 죽
인 적의 수는 대략 1700만 민족 자체의 씨를 말리거나 도
시 하나를 날려버리기도 했다
그가 오스만 제국의 통치자 술탄 바예지드를 앙카라 전
투에서 무너뜨린 사실을 기반으로 헨델은 오페라 '타메르
나노'를 만들었고 엘리자베스 1세는 그를 벤치마킹해서
영국을 일으켜 세웠다
유목민의 아들이 점성술사들이 예언한 대로 800년 만
에 초원의 바람같이 나타나 세계를 지배하는 정복자가 되
었다

서른세 살에 중앙아시아 최고의 통치자가 된 것

별은 스스로 빛을 발하지 않는다는 것을 아미르는 일찌
감치 알았다
이후 아미르 티무르만큼 힘센 남자는 현재까지 지구상
에서 발견되지 않고 있다

김추인

노을을 인화하다 <small>외 6편</small>

갈대숲 가지런하다
노을 때문일 것이다
누―가 물감 통을 엎어뜨렸나
다홍의 서천

길게 펼친 수면이
번질번질 석양에 젖을 동안
우리는 오뚝오뚝 늘어선 몽구스처럼
손을 가지런히 모은 채
모래 등성이 위에서 지는 해를 보낸다
붉노을의 중심에 시선을 박고 선
사내들의 실루엣
해의 심장에서 꺼낸 유서라도 본 듯 먹먹해져
사막소나무 뒤서서 말을 잊었더랬다

발자국을 지우며 낮게 날아가는
새 등짝이 빤득거린다
노을을 슬쩍 바른 모양이다

치명적인 아이다르의 이 그림 한 쪽
일상이 사무치게 서걱일 때
내 기억을 찢고 나와 부추기리라
"떠나라고—"

쿠믈리스탄qumlistan*을 찾아서

신기루를 감춘
사막 하나 분양받을 수 있다면…
요즈막에 자주 꾸는 꿈이다
키질쿰이나 사하라 같은
붉은 모래의 땅 한 자락
절대 고독이나 키울

고무신 배를 띄우고
내 일곱 살이 혼자 놀던 오아시스는
감자밭 옆 아버지의 웅덩이
물방개 소금쟁이 물땅땅이들 천국이었다
그런 물 둠벙 하나에
야자수 두엇 물그늘로 내리면
풍경은 사뭇
느리고도 생각하는 듯이
바람이 흐르고
노을이 흐르고
모래의 시간이 흐르리라

때로 시간 바깥의 벗들을 불러 해거름 노을을 깔고 앉았
다가 둠벙에 내려앉은 좀생이별들이며 삭사울 saxaul 삭정
이 타는 소리에 잠이 들어도 좋고 별 이야기 없이도 술이
달아 날이 밝는 사막의 아침이어도 좋고

　　세상의 부재不在란 부재가 다 모인
　　여기는
　　텅 빈 충만의
　　쿠믈리스탄이 맞을 것이다

* 우즈벡어로 '쿠믈리qumli'는 '모래의', '-스탄stan'은 '땅'을 의미한다.

모래 경전

분별치 마십시오 알려고 마십시오
평이합니다
공정합니다
평등합니다
반짝일 때와 뜨거울 때를 알고
취할 때와 내어줄 때를 압니다
비우고 비웠으니
가비야와라
경 한 줄 없는 '팔만모래대장경'

부서진 채로 각진 채로
구름을 읽고 바람을 듣습니다
일천 억에 일천 겁의 별이 지어지듯
수수 억 모래를 짓는 억겁

바람은 제 모양 제 소리로 그냥
지나시라 하십시오

사르미쉬의 바위산 하나

낙타풀도 암각화도 품었겠으나
한 오억 년쯤 모래의 나이가 되면

있는 것도 없고 없는 것도 없는

자벌레

실크로드 중간 거점 사마르칸트는 우즈벡의 푸른 오아
시스

비단이 오가던 길이라선지 포플러인가? 들여다보면 뽕
나무네! 포플러 잎사귀만 한 뽕잎 보며 지출을 줄이는 나
무의 사막살이를 본다 싶은데 아흐ー 오백 살도 더 늙었을
거대 뽕나무 고목의 우듬지가 궁금했던 걸까
　아득한 높이를 향해
　쉼 없이 허리를 구부렸다 펴는 자벌레를 보네

롯데타워, 아스라한 높이에 매달려 고물거리던 벌레 한
마리 생각나네 별박이노랑자나방 유충만 같았는데 맨손
으로 빌더링에 골몰하던 여제*는 유리벽 위에서 허공을
틀어쥔 것이 내 눈엔 형광펜 자국 같은 자벌레였지 아마

여직도 뽕나무 위, 구부렸다 폈다를 궁구하는 자벌레를
보네 오르고 재는 일이 미심쩍은지 이따금 멈춰 좌우 머리
를 내두르곤 다시 자ｒ질을 하네
　마지막 높이의 뽕잎으로 세상에 없는 실크라도 뽑을 듯이

72

* 2017년 5월 20일 555m 롯데타워를 2시간 29분 38초로 맨손 빌더링에
성공한 클라이머 김자인.

사막의 공식

－매혹을 소묘하다

사막, 광활이라는 다른 이름
사막인지라 바람의 구릉 없이는 사막 아니네
사막인지라 열사의 사구 없이는 사막 아니네

사막인지라 세상 모든 바람들의 꿈, 바람이란 바람은
다 사막으로 오네
　사막의 모래폭풍 본 적 있으시던가 바람의 튼튼한 정강
이 힘으로 일어선 견갑골이 양 날개 펄럭이며 뒤집히며 뭉
게뭉게 돌진해오는 모래 구름 떼를

　사막의 바람이 모래산을 옮기네 사구들의 구릉지, 관능
의 곡선을 키프로스의 사내*처럼 제 홀로 어르는 바람의
지느러미를 아네

　사막인지라 한 장의 손편지처럼 멀찍이 뜬 신기루를
읽네
　내 오랜 외사랑
　물그늘로 오는 그의 필체는 빛의 산란이라는데

사막에서 다시 사막으로 길 위에 서네 사막이 되네

* 자신이 만든 조각상을 사랑한 피그말리온.

나는 네가 지난여름에 한 일을 알고 있다

– 유르트에서의 하룻밤 서사

"야, 이경, 이경～～ 나오란 말이여!"
이정 작가다 이경이 썼던 창작실 침상을 후발자인 정이
이어서 썼다는 까닭만으로 우린 장난기가 동하곤 했는데

순둥이 이정 작가, 술의 힘을 빌려 모닥불에 익은 볼로
식식대며 떠 웨고 다니는 통에 들락 말락 어슬어슬 춤던
유르트의 잠이 후딱 달아나고 눈이 말똥말똥이다

모닥불도 사그라들고 은하수 퐁당거릴 큰 작은 별들이
며 주먹뎅이 별들이 쏟아질 바깥이 궁금한데
무엇보다 작은집이 급한데… 밤짐승 소린가 괴괴한 어
둠을 찢고 오는 저 소리는 어흐흐～～
참기로 한다
뒷간 없는 백두산 길 7시간도 참은 난데…
그런데 사정을 봐주지 않는다
급하다 막무가내 급하다 우짜노?
캄캄한 마당을 질러가야 하는데 후미진 뒷간, 흐릿한
알전구라니…

76

평상심이 무너진다

시인의 방정한 예의를 접기로 한다

더듬더듬 신발을 꿰고 유르트 뒤에 딱 붙어 보름달 두덩이 살짝이 내려놓고 쪼그려 앉았다 최대한 묵음이어야 한다 쇄~~ㄹㄹ─ 껴입은 바지를 대충 추스르는데

차르륵 출출출 …추르르

헉! 나 말고 또 있다

건너 건너 유르트 뒤에서 나는 폭포 소리

무슨 짐승이냐 너,

혼비백산 뛰어들어 문짝을 닫으니 신발 한 짝도 따라 들어와 나동그라진 밤

아는 사람일까, 나를 보았을까?

부하라의 아침

아무도 그걸 기억하는 사람은 없다

미나렛과 모스크 사이의 간극
이와 저의 사이
망루와 기도의 사이
상징과 효용의 거리를 좁히며 나라가 민족이 문명이 섞
이며 부서지며 벌어진 틈마다 모래 날고 바람 새고 끙끙대
는 세상의 신음이 샌다는 것을 몇이나 기억할까
어느 유적지에서도 끌과 정을 부리던 장인匠人의 이름
자 본 적 없다 명령자와 노역자 사이 어처구니같이 낡고
있는 중얼거림만 있을 뿐 한참 더 약아진 시장통을 돌아
나오며 무슨 일로 바보 현자, 나스레딘의 나귀 방울 소리
가 못내 듣고 싶은 건지

억만 시간의 지층 틈바구니에 낀 내가
틈새 비집고 들온 햇빛살
손바닥에 받으며
젖니처럼 말갛게 돋던
유년의 아침을 기억해내곤 웃는다

캄캄한 수 세기 전의 아침들이 설산 너머에서
오래 걸어와
흙집 문턱에 어린 햇발들로 바글대는 산책길

윤효

타슈켄트 외 6편
-우즈벡 詩抄 1

우즈베키스탄 수도 타슈켄트 시티팔레스 호텔에 높이
들어 창밖을 보니 건물들의 키가 다 고만고만했다. 잠시
낯설었으나 이내 푸근해졌다.

나는 요철凹凸에 너무 많이 시달려왔던 것이다.

동행
－우즈벡 詩抄 2

부하라에서 히바 가는 길에 전신주가 따라붙었다.

전깃줄 너머로 키질쿰 사막이 또 한 줄 아스라이 금을 그으며 함께 달려주었다.

숨이 막히도록 황막하였으나 외롭지 않았다.

차르박 호수
−우즈벡 詩抄 3

선 채로 사막이 되어버린 산 아래 쪽빛 호수가 있었다.
선뜻 받아들이기 어려운 풍경이었다.
너무나 가혹한 색상대비였다.
한참을 서성이자 시나브로 납득이 되었다.
산의 푸른빛을 그리워했던 것이었다.
산이 기르던 푸나무들을 잊을 수가 없었던 것이다.
그래서 그 빛깔을 저렇게 제 안에 고스란히 품었던 것
이다.

그날도 호수는 바람을 불러 철써덕철써덕 산을 흔들어
깨우고 있었다.

아이다르 호수

−우즈벡 詩抄 4

가도 가도 끝없는 사막 속에 비단 호수가 숨어 있었다. 외로운 낯빛을 들키지 않으려고 토라진 계집애마냥 입술을 앙다물고 있었다. 안쓰러웠던지 지평선이 서둘러 해를 끌어 내리고 있었다.

한소식
-우즈벡 詩抄 9

한 무리 문인들이 사막을 걸었다.

무無와 공空을 정수리에 이고 돌아와 책에 담았다.

이듬해 또 사막을 걸었다.

이번엔 누구 하나 들뜬 기색이 없었다.

제 안의 사막을 걷는 중이었다.

그렇게 며칠을 앉아서도 걷고 누워서도 걸었다.

그러자 객실 침대와 침대 사이 그 허공에 걸터앉는 이도
생겨났다.

한소식의 징후였다.

알라

−우즈벡 詩抄 11

실크로드를 타고 서라벌에까지 낙타가 왔다.

올 때마다 사람을 데리고 왔다.

그들은 하루에도 몇 번씩 서쪽을 향해 전신을 조아려야
했다.

서먹하고 조심스러웠다.

다행히 불국토에도 초승달이 떴다.

그래서 모여 꾀를 냈다.

신라인이 가장 애지중지하는 것에 슬며시 신의 이름을
붙였다.

부지불식간에 그 이름을 부르게 한 것이다.

그런 줄도 모르고 신라 사람들은 여태도 그 신을 호명

한다.

　어린아이를 보면 알라 알라 부르며 헤벌쭉 벌린 입을 다
물 줄 모른다.

소설가 이상문

－우즈벡詩抄 12

나무도 풀도 없는 산비탈에 좁다란 길이 등성이를 향해 위태롭게 이어져 있었다.

그 길을 양들이 줄지어 오르고 있었다.

염소 몇 마리가 열 마리씩 맡아 이끌고 있었다.

가지런했다.

반질반질했다.

천방지축 우리 일행도 한 마리 염소를 따라 순순히 사막을 건널 수 있었다.

이경

펜 외 6편

펜은 말을 베는 검이요
마음을 과녁으로 쏘는 총
차고 날카롭고 따뜻한 무기
만약 그렇지 않다면
그 아래 순순히 펼쳐놓는 내 목숨의 노트는
너무 헐값이 되어버릴 테니
가장 가까운 벗이면서
깊은 곳을 찔러 눈물을 폭로하고
아픈 데를 건드려 치유하네
펜은 나를 발가벗겨 놓고
욕망을 가위질하고 오류를 바로잡네
펜이라는 무기가 언제나
미숙한 편견의 감옥을 부수고
우리를 구출할 수 있을까
총보다 작지만
무력으로 쓰러뜨릴 수 없는 펜은
근면한 노동으로 폭력과 무지에 맞서 싸우고
전쟁보다 오래 살아남았다
길고 끈질긴 전쟁
사랑! 이 한마디를 완성하기 위해

사막의 도적

펜이라는 무기를 숨기고
높고 먼 하늘 담을 뛰어넘어
사막에 불시착했다
가진 것을 내놓으시오
사막은 아무것도 숨기지 않았다
보시다시피 이렇소
바싹 말려 잘 보관된
태 안에 든 아기와 그 어머니인 미인과
용감한 장수를
스승의 발아래 묻힌 왕의 무덤을
무덤 위에 세운 궁전을 보여주었다
뭔가 더 있을 것 같아
모래바람 속을 털고 다닌 열흘 동안
본전을 모조리 털렸다
깊이 묻은 비리와
비자금으로 아껴둔 눈물까지
더 망가질 것 없는 몰골이 되어서야
사막은 퇴로를 열었다

숨

우즈베키스탄 말로 돈은 숨이다 숨을 얻기 위해

사막여우의 털을 벗기고 목화 농사를 짓는다

공중화장실 한 번 쓰려면 오천 숨이 필요하다

시장 사람들은 서로 숨을 주고 숨을 거슬러 받는다

숨은 서로 섞이고 갈라지면서 모여들고 흩어지면서

구름으로 뭉쳐 비를 내리기도 한다

내쉬는 숨이 끝나는 곳에서 들이쉬는 숨이 시작된다

끊일 듯 끊어지지 않는 바람의 노동이

삶의 최전선에서 우리를 이끈다

그곳에는 아침마다 돈을 숨으로 바꾸는 곳이 있다

사막의 신부

풀 한 포기 기르지 않는 사내의 가슴을 딛고

하얀 웨딩드레스에 분홍 부케를 한 아름 안고 섰네

철없이 꽃 피는 사막의 신부

사막이 아니었다면 굳이 꽃을 꿈꾸지 않았어요

몸은 온통 바람 앞에 가시입니다만

눈물의 온도에서 무너지는 꽃다발입니다

봄이 아니어도 좋아요

당신 품에서 으스러지고 싶은 온 생애가 꽃이에요

거름이 되어주세요

당신 슬픔의 한가운데 그곳에 뿌리 내립니다

기둥 박물관

기둥들은 무엇을 받들고 있다가 그것을 잃어버렸을까

무엇의 기둥뿌리를 뽑아 여기에 가두었을까

받들어야 할 지붕이 없어진 기둥들

받들고 있던 것이 무너졌어도 무너질 수 없는 기둥들

기둥일 필요가 없어진 뒤에도

기둥의 기억을 지울 수 없는 기둥들이

아직 기둥인 줄 아는 기둥들이 모여 있다

한 시대를 땀으로 받쳐 올린 건장한 기둥들

뭐든 받들어야 서 있을 수 있는 기둥들의 최후가

거기 있다

크고 무거운 책

사막에 책을 가지고 갈 필요는 없다
누구도 다 읽지 못한 크고 무거운 책이 거기 있다

모래알같이 많은 사람들이 태어나서 읽다가 죽고
태어나서 읽다가 죽었다
들고 갈 수도, 읽고 갈 수도 없는 책

책갈피 속에 기어든 먼지벌레처럼 방향도 모르고
나는 기어가는 중이다
잠깐씩 걸음을 멈추기도 하고
오던 길을 되짚어 우회하기도 하며
어느 행간에서 꼭 놓친 것만 같은 그것을 찾아

바람이 페이지를 넘기는 소리가 들린다
책은 벌써 나를 다 읽은 모양이다
움켜쥐려 하면 손가락 사이로 흘러내리는 글자들
보는 눈을 뽑고, 듣는 귀를 베라고 하는 책
누가 저 책을 덮을 수 있으랴

아이다르 호수의 저녁 물

새벽에 북두칠성이 내려와 몸을 씻고 간 호수다
멀리 동방에서 오는 열세 명의 순례자
그들의 발을 씻어주기 위해
아름다운 아이다르 호수는 낮 동안 몸을 데워놓았다
물은 따뜻하고 물 밑 모래는 부드럽고 모래 밑
진흙은 검다
양수 속 태아처럼 호수에 들면
태어나기 전 내 얼굴이 보일 듯하다
어머니처럼 살을 보듬는 물
마치 맨 처음과도 같은 걸음마가
호수 바닥에 검은 발자국 지문을 찍는다
어느새 초승달 쪽으로 기울어지기 시작한 호수
기슭을 따라가면 발바닥에 소금이 바스러진다
흰 소금모래 위에 검은 글자가
오래전에 돌아가신 스승에게 편지를 쓴다
그리고
맨발의 해가 긴 드레스를 끌며 호수를 건너가는 것을
지켜보다

이경철

경계의 꽃 외6편

지평선 속으로 아른거리며 사라지는 중앙아시아 고속
도로
　가속페달 밟고 달려도 속도만 스쳐 가는 창밖 허허벌판
　드문드문 풀섶 푸른 생명 다해가는 사막 경계에 멈춰
　잉걸불처럼 스러져가는 보랏빛 쑥대밭에 오줌발 갈기니

　이슬방울인지 핏방울인지 참았던 오줌방울인지
　훅, 끼치는 쑥 향과 함께 방울방울 맺히는 요, 요것들
　지평선 너머 마른바람 몰아치는데 쑥대 사이사이
　물기 탱탱하게 부풀리며 방울방울 피어나는 꽃

　잡거나 이름 부르면 형체도 빛깔도 흔적도 없이
　증발해버릴 버릴 것 같은 요, 요것들.

이슬람 문양 홀씨들

여름이 오기 전 햇살 낙하산 타고 둥둥 떠나던 민들레
홀씨들
　겨울이 오기 전 시린 바람에 풀풀 흩날리던 갈대꽃 홀씨들

간다는 말도 못 하고 숨넘어간 내 동생같이 하염없던 것들
다들 여기 와 있네

중앙아시아 사막 사마르칸트 이슬람 비췻빛 문양 속
　형상 없는 알라신 화신 되어 구름 타고 쪽빛 하늘 날고
있네.

모닥불 둥근 춤

서울서 비행기 타고 날아간 중앙아시아 사막 한가운데
유목민 텐트 유르트에서 하룻밤 묵는데

지붕도 둥글고 사막도 둥글고 밤하늘도 둥글데
모닥불 피워놓고 둥글게 돌아가며 춤추는데

피어오르는 모닥불 불티들 하늘하늘 하늘로 올라가
별들 하나 둘 무더기로 생겨나 둥글게 춤추데

러시아 예르미타시 미술관에서 본 앙리 마티스의 춤 그
림 '라 당스'
시공이며 형체 날려버리고 빛깔과 둥근 기운만으로 추
는 창생의 춤
사막 한가운데서 보고 같이 둥글게 춤추네.

비췻빛 청공靑空 소실점

막막한 사막 속 푸른 점으로 찍힌 오아시스
타슈켄트 길가 화랑에서 사 온 그림 한 점
불 끄고 누워도 비췻빛 꿈 새어 나오네

옛 실크로드 빛과 선과 로망 시끌벅적
찬란하게 떠올린 수많은 그림 속에 숨어 있던
허물어져 흙으로 되돌아가는 이슬람 사원과
흙빛 소실점으로 사라져가는 길과 사람

모래바람 세월 속에 묻혀가는 모스크 둥근 돔
청공의 소실점으로 묻혀가는 짙푸른 쪽빛
눈 감아도 꿈의 유전자인 양 환하게 비쳐 나오네.

천산天山에 핀 종이꽃

민둥산 산등성 등성이들 끝없이 뻗어나가는데
산등성 깎아지른 절벽 위 꼿꼿이 선 사이프러스
가지가지 매달린 흰 종이꽃 소지燒紙들
간절하여라

저 천산 자락 민둥산 너머 파미르 고원 너머
바이칼 호수 나뭇가지에 매달린 지폐들
우리 할머니들 서낭당에 매어둔 소원들
여기 천산 절벽에 모여 꽃으로 피어나다니.

치르치크 강강술래

천산 만년설 샘솟은 물줄기 야생화 가꾸고 벌 나비 키우며 흘러내려 계곡마다 나무들 키우며 모여들어 점점 더 넓게 흐르는 치르치크강 강변에 키 큰 미루나무 수직으로 세워놓고 말이며 양 떼를 풀어 키우는 짙푸른 생명의 강.

황막한 사막과 푸른 생명의 땅 경계를 확실히 긋는 녹둣빛 강 물길 대어 끝없이 펼쳐지는 밀이며 옥수수며 목화며 해바라기 밭 끝에 들어선 중앙아시아 최대 오아시스 도시 타슈켄트 모스크 돔에서 빛나는 연둣빛으로 솟아오르네.

천산에서 내려와 세상 일군 천손족들은 생명 있는 것 다 형제들이라 먹지 않고 땅에서 솟아나는 지유 地乳만 먹고 살았다는데 오늘도 치르치크강 강강술래로 빙글빙글 돌며 흘러 온갖 생명들 기르고 있네.

부하라 광장의 춤

기원전 종교부터 충충이 누적된 사원이 있고
이슬람 모스크와 신학대학이 있는 고대도시 부하라
막막한 사막 속 오아시스 한가운데 높이 솟은 미나렛 탑
밤엔 꼭대기에 불 밝혀 가야 할 길 가리키는 사막의 등대
낮엔 만인 앞에 사형수를 떨어뜨리는 율법의 등대였다
는데
그 아래 광장에서 오늘은 춤판이 벌어지네.

신학생들 삼삼오오 모여 둥글게 춤추면
지나가던 사람들 하나 둘 사이사이 끼어들어
손잡고 큰 원을 그리며 춤추다 흥에 겨우면
두 팔 사선으로 벌려 하늘과 땅 축으로 삼아
하늘과 땅과 신과 교감하는 세마춤을 추네.

빙글빙글 돌며 저마다 꼿꼿이 탑이 돼가는 춤판
사람과 신과 종교의 황홀한 기원.

최도선

고려인 외6편

레표시카빵 한 덩이를 식탁에 놓고도 감사 기도 하는 노
인이 있다
　습관이 아닌
　눈물로

강제 이주된 그해 겨울 뽕나무 껍질로 연명한 날에 감사
춥고 어두운 시절 여밀 옷이 없어 마음까지 꽁꽁 얼 때
새들이 날아와 바람막이가 되어주던 일
천산산맥도 보고 있었다

조선말 잊을까 봐 '고향의 봄' 밤마다 부르며 스르르 잠
들던 밤
국가國家도 없는 곳에 태극기를 달아놓고
맨드라미 채송화를 울타리 밑에 심은 그들
무슨 바람으로 살았던 것이냐
사람아 사람아
갈 곳 없던 사람아

바람아 모래야 나는 그 노인 앞에서 왜 작아만 지는지

자꾸만 눈시울이 뜨거워지는지
초승달만 기울고 있다

그 도시에 먼저 온 아르카디아
— 히바

천산산맥 머리 위 만년설을 넘어온
아침 해 숨이 차다 몹시
태양의 도시 히바로 가기 때문이다

이찬칼라 황토색 성벽은 시간을 박제시켜놓았다
에메랄드빛 타일 미나렛엔 하루 종일 머물러 있어도 지
루하지 않다
모스크에서 들려오는 주문 같은 소리에 영혼이 리듬을
탄다

나는 오래 머무를 수 없다
태양과 함께 빚어온 황금빛 중세도시에서
골목골목 남겨진 숨결의 미로를 따라가며 상상의 퍼즐
에 쾌락한다
주마 모스크 안 200여 개의 기둥 바닥에 빛이 꽂힐 땐
신기루가
발등을 타고 오른다
타쉬하울리 궁전에선 유르트도 만났다
길 없는 사막을 건너온 대상들이 쉬어 가던 곳도 여기이

리라

　잠잠히 스쳐 가는 석륫빛 옷깃들
　그들의 손에도 들려 있는 폰의 세계, 아르카디아
　외계 같은 곳
　옹기종기 담 벽에 모여 앉은 실크 스카프,
　손뜨개 낙타 숄이 내 목을 휘감는 곳

　흙길에 나무 그림자를 길게 드리우는 오후
　낯선 이방인처럼 만년설 반대편으로
　한낮을 태우던 태양도 스르르 넘어갈 수밖에 없다
　하루 종일 반짝이던 미루나무도 그림자 없이 잠드는
마을
　까만 염소를 앞세우고 볼이 발그레한 아이가 흙담 아래
가고 있다

목화나무 아래서

"아들아 책가방은 두고 가거라
해가 지도록 그 일은 끝나지 않을 것이다
주머니 없는 옷을 입고 가거라
발꿈치에라도 솜털 하나 묻혀 오지 말거라
옷깃에라도 붙여 오지 마라
네 눈썹 위에 내려앉은 솜털까지도 책잡을라
하루 삯은커녕 네 다리가 성치 않을까 두렵다"

어린 아들은 러닝 바람으로 흥얼거리며 트럭에 몸을 실
었다
까맣게 그을린 까까머리 아이들을 실은 트럭은 모래바
람을 일으키며 달린다
손뼉 치며 부르는 아이들의 노랫소리

엄마가 불러주었지요 갓난아이 때부터
찢어지는 태양과 붉은 모래밭이 있어야 한다죠
목화를 많이 딸 수 있는 곳 그리운 목화밭
그리운 목화밭 그 목화 따러 간다네 비가 오면 안
돼요

끝도 없이 펼쳐진 목화밭을 지나며
도로변에 차량 행렬 또한 끝없이 이어져 있다

불볕더위 속에서 목화를 따는 어린 손들
번외番外의 꽃이 되어
열사에서 피어난 꽃

꿈의 나무
　목화나무
　　어린것들의 노동을 착취하는 꽃
　　우리에겐 포근한 이불솜 목화

사막에서의 하룻밤

어둠이 짙을수록
별들이 곤두서는

고요한 공간에서
모닥불을 피운 것은

늑대를 쫓기 위하여 가장한 불꽃 춤사위

허기에 지쳐 우는 늑대의 찢는 울음
하늘도 애탔을까 별 지우며 비를 쏟네
잿더미 위로 꽂히는 섬뜩한 초록 광채

한기寒氣 함께 다가오는
출렁이는 바람 소리

피할 수 없다면야
함께함도 좋으리라

경계를 풀고 나서니 슬그머니 뒷걸음질

우주를 뒤흔드는 새끼들의 울음소리
멀리서 가까이서 게르 허릴 꺾는 소리
꿈인지 생시였는지 늑대와 함께 춤을 췄네

실크로드 오아시스 사람들
－부하라

낙타, 노새, 양, 말, 모직물 같은 것이 난다.
옷은 가죽 외투와 모직을 입는다.

－혜초의 『왕오천축국전』에서

천여 년 전 혜초가 걷던 길에 왔네

가슴에 붉은 글자 I LOVE YOU가 적힌 흰 티셔츠를 입
은 아이들이
　축구 놀이를 하고 있네 천 년 전에 지었다는 높다란 흙
벽 그늘 아래
　카라쿨 모자를 쓴 노인들이 모여 앉아 차를 마시네
　미루나무 쭉쭉 하늘 향해 뻗어 있는 동네 어릴 적 우리
시골 풍경과 다르지 않네
　낙타에 짐을 싣고 서역을 오가다 묵었다던 라비 하우스
에서
　나도 신발 끈을 풀었네 그늘 막 올린 포도 넝쿨에 파란
포도알이 탱탱
　물오르는 한나절 메추라기 여러 쌍이 나그네를 맞네

출애굽 하던 유대인들 매일 먹었다는 저 새 꾸룩꾸룩 말
걸어오네

오늘은 내가 그 종족 새에게 먹이를 주네 혜초는 예서
무엇을 먹었을까

나는 옥수수 수프에 양고기를 먹네 해바라기씨를 까먹
던 눈이 큰 소녀가

내 손가방 장식 새끼 원숭이를 만지작거리네 그 원숭이
손에 꼬옥 쥐여주었네

해바라기씨 잇사이에서 하얗게 웃네

혜초가 다녀간 때는 安國이라 했던 땅

'빵과 보릿가루를 많이 먹는 사람들이 살던 왕국, 성이
다섯 겹 강물로 에워싸인'

이 땅 비옥하네

하늘도 땅도 사람도 태초의 숨결이네

잠든 방을 깨우다
-키질쿰 사막

사막을 횡단하는 길엔
속살 드러낸 사막처럼
엉덩이를 누가 본다 해도
볼일을 봐야만 한다

뜨끈한 것에 놀란 모래 꿈틀거려도
지린내 풍기며 튀어 오르는 미물들 피할 수 없어도
모래바람이 훌렁 옷을 들출 때는 잡아 내리며
모래 밑의 잠을 깨운다
쭈그리고 앉아

사막아
그냥 소리쳐 부르면서
네가 태초의 말씀으로 이루어진 것이냐
네가 빛이냐
사막아

I say! 하는 동안

내가 쏟은 한 줌 방울로도
사막의 신부를 키워주렴

푼크툼 punctum

—찌름

사막을 횡단하는 도로에 검은 소 떼가 나타났다
차가 경적을 울려도 꿈쩍 않는다
한참 뒤 어정쩡 흩어질 때
어린 소 한 마리가 차 곁으로 다가와
내다보던 내 눈과 마주쳤다

네 눈 안에 비치는 구름 한 점
너에게서 희멀건 수유의 흔적이 감돈다
아침에 먹은 불고기 네 어미는 아니었겠지?

인간은 저 편리한 대로만 생각한다

너희는 종일 풀만 뜯어 먹는 일을 하는구나
끝없이 너른 땅에 한 뼘도 갈아엎을 땅은 없구나
힘쓸 일도 없구나

회색빛을 띤 사막 풀을 한 움큼 어린 소 앞에 던질 때
강한 햇살이 내 정수리부터 발뒤꿈치까지
꼬챙이처럼 꽂혔다

오아시스는 멀기만 하다

홍사성

운명론을 명상함 외 6편

기왕이면 부잣집 강아지로 태어나
발톱 깎고 이름도 하나 얻고
매일 목욕하고 먹을 것 걱정 안 하고
아프면 병원도 가고 호강할 것이지
하필이면 사막에서 양으로 태어나
마른 풀 뜯으러 황야로 나가
뜨거운 햇살 사나운 염소에 쫓기다
끝내 서러운 목숨 버려야 하다니

서울의 어떤 인생과 빼박은 듯 닮은
중앙아시아 키질쿰 사막 저 착한 양 떼는
어느 별에서 무슨 죄를 지어서
이 거친 들판에 태어났다는 것인지
자라투스트라에게 묻고
붓다에게 묻고
예수에게, 무함마드에게 물어보면
그분들, 무슨 그럴듯한 말씀 해주시려나

사막을 건너는 법

먼 길 가려면 욕심은 금물
등짐은 항상 가볍게 지고 다닐 것
가장 믿을 만한 친구는 튼튼한 두 다리
외로움 견딜 마음의 근육은 미리 키워둘 것
위로가 필요할 때는 별을 보는 것도 방법
그래도 힘들면 흘러가는 구름을 바라볼 것
지름길이 먼 길이 된 경우도 많다니
가기 전에 턱 괴고 몇 번 더 돌아볼 것
동행할 사람이 있다는 건 행운 중의 행운
다만, 다 내 맘 같지 않다는 걸 기억할 것
즐거운 일과 괴로운 일은 언제나 반반
양말 벗고 목 축이고 싶다면 끝까지 참을 것
그러나 더는 못 걷겠다 생각되면
노을 붉은 날 혼자 슬그머니 사라지고 말 것

기둥이 된다는 것

우람을 으스대는 기둥
섬세한 조각 돋보이는 기둥
사람들이 기대고 싶어 하는 기둥
지붕 안 무너지게 온몸으로 버티는 기둥
구부러지는 걸 용서하지 않는 기둥
사막의 모래바람 견뎌낸 기둥
부러져도 저 할 일 다 하는 기둥
수많은 전쟁과 약탈 지켜본 기둥
한 귀퉁이에서 조금씩 삭아가는 기둥

히바의 주마모스크 기둥 박물관에 모인
중앙아시아 213군데 모스크 떠받치던
기둥서방 같은 나무 기둥들이었다

세상에 태어난 보람으로
쓰러지지 않을 기둥 하나 우뚝 세우려
기둥보다 더 기둥 같은 사내들 서성대는
사막보다 더 사막 같은 곳에서 온 사내에게
한 기둥이 거만하게 물었다

너는 어떤 하늘 떠받치는 기둥인가

나는 눈을 감고 있었다

오로지 형벌이 무서워 전쟁에 끌려 나온 병사들이었다
죽는 게 겁나서 싸웠으나 같은 이유로 싸우는 적군 병사
를 만나 죽어야 했다
목은 양 대가리처럼 잘려 전승 기념으로 성벽 밖에 내걸
렸다
파리가 들끓고 시체 썩는 냄새가 진동했다

'누구든 성벽을 넘으려는 자 이렇게 되리라'

전쟁은 더 이상 죽을 병사가 없을 때쯤 끝났다
핏물은 강을 이루고 패잔병들은 도망쳤으나 죽은 병사
들은 살아나지 않았다
남겨진 어미와 자식들의 마른 통곡 소리만 몇 날 며칠
계속됐다
누구도 그 눈물을 닦아주지 않는 전쟁이었다

아르크성을 배경으로 찍은 사진에서 나는 눈을 감고 있
었다

왕의 뒷모습

키는 구 척 용맹은 사자 같았다
싸우면 이기고 이기면 앞으로 나아갔다
멀리 아랍까지 제국을 넓혀
사마르칸트를 영광의 수도로 만들었다

누구도 무릎 꿇지 않을 수 없는 왕 중의 왕
미인들은 그의 여자가 되는 게 꿈
없는 것 빼고 다 가진 부러울 것 없는 사내는
위대한 만큼 더 존경받고 싶었다

그러나 별명은 한쪽 다리 저는 절름발이 왕
그걸 감추려고 앉은 모습만 그리게 했다
천하가 다 아는 혼자만의 비밀에 발목 잡혀
평생을 전전긍긍했던 어쩔 수 없는 인간

티무르 제국을 세운 사내의 뒷모습이었다

꿈꾸기 좋은 밤

오랫동안 은밀하게 추진해온 일이었다
언젠가 때만 되면 결행할 계획이었다
마침내 그때가 눈앞에 다가왔다
더 이상 망설일 이유가 없다
여기는 아이다르 사막 한복판!
뭇별들 한꺼번에 뜬 지금이야말로
개 짖는 소리 들리지 않는 먼 곳으로
소리 소문 없이 도망치기 좋은 밤이다
다들 머리까지 이불 뒤집어쓰고 코 골 때
춥고 건조한 유르트 몰래 빠져나가
이슬 한 방울에 꽃 피는 사막의 꽃처럼
모든 남루 벗고 황홀하게 빛나는 것이다
사다리 타고 올라가면 별이 되는 일쯤
언제든 일어날 것 같은 이국의 밤하늘에서
오랜 소망의 결실로 얻은 대자유, 드디어
무한 창공 가로지르는 별똥별이 되는 꿈

영광을 위하여

죄 없는 사슴 사백여 마리가 희생되었다

종이처럼 얇게 펴진 녹피麁皮는
길 잃은 사람들 바른길로 인도해주고
구원해달라는 기도의 말씀 써넣은
오스만 정본 코란 제작 사업에 바쳐졌다

누구는 신을 위해 순교도 한다는데
천사백 년 만에 세계 최고最古의 영예를 얻어
타슈켄트 코란 박물관 중앙에 전시됐으니
사슴의 몸으로는 두 번 다시 얻지 못할
목숨이 백 개라면 백 개 다 내놓아도 좋을
역사에 남을 영광된 일이었다

온몸으로 쓴 영광…
내 웃음에도 누군가의 눈물 묻어 있었다

이상문

입술

안뜰에는 녹색 차일을 쳐놓은 듯했다. 파초들이 한사코 넓게 넓게 잎들을 펼쳐 그늘을 드리우고 있어서였다. 용케 그늘을 피해 여기저기서 한껏 자란 칸나들이 성난 꽃대들을 솟구쳐서 붉은 꽃송이들을 피웠다. 달아오른 9월 한낮의 햇살이, 무엇을 기다려 헤벌쭉 입술을 벌리고 있는 듯한 칸나 꽃잎들을 뜨겁게 태우고 있었다. 비비하눔이 고향 집을 떠날 때 가져온 구근을 안뜰을 만들 때 함부로 묻어놓았는데, 싹이 트고 자라서 때가 되자 꽃송이들을 터뜨린 것이다. 두 해째였다.

비비하눔은 히잡을 쓰지 않은 가벼운 평상복 차림으로 가슴에 팔짱을 지른 채 거실 유리창 가에 서 있었다. 창문마다 끼워놓은 손수건 크기의 녹색 유리는 아라비아에서 비단길을 통해 들여온 것이었다. 이 별채를 지을 때 술탄 티무르가 명령한 일이었다. 그는 녹색을 숭배하다시피 했다. 창에 담긴 바깥세상은 온통 연녹색 그물망이 씌워진 듯했지만 신기하게도 칸나꽃만은 제 색으로 붉었다.

"무례를 용서하십시오, 녹색빈 호자이루그 님. 술탄께서 날려 보낸 전서구가 또 도착했다는 전갈이 있어서……. 남은 거리로 보아 내일 정오에는 사말 본궁으로 개선하신답니다."

술탄 티무르와 10만 군사는 지난 2년 동안 북인도국을 완전 정벌하여 사마르칸트 제국에 복속시킨 뒤에 돌아오고 있는 길이었다.

그녀는 몸을 움찔했다. 기척도 없이 가나 상궁이 등 뒤에 나타나서가 아니었다. 술탄 티무르가 벌써 눈앞에 나타났다는 사실이었다. 게다가 히잡을 쓰지 않은 모습을 남이 봤다는 것이었다. 가나 상궁의 무례였다.

"고맙구나! 그런데 그동안 술탄께서 혹시 건강을 해치지 않으셨다더냐?"

그녀는 짐짓 담담해지려 애쓰면서 몸을 돌려 말했다.

"녹색빈 호자이루그 님의 티무르 술탄님을 향한 큰 사랑을 배웁니다. 하지만 죄송하게도 그런 말씀은 전해 듣지 못하였습니다."

"알라의 은총이시다."

그녀가 딴전을 피우듯이 술탄 티무르의 건강에 더욱 관심을 나타내자, 가나 상궁이 바짝 허리를 굽혀 보인 뒤에 물러갔다.

술탄 티무르는 사말 황비 말고도 여덟 명의 빈을 거느리고 있었다. 그녀는 빈 가운데서 여덟 번째였다. 열여섯 살때인 3년 전에 술탄 티무르가 첫 번째 북인도 원정에 나갔다가 내세울 만한 성과를 얻지 못하고 회군하던 길에, 냇가에서 빨래하는 그녀를 처음 봤다. 행렬이 멈췄고 언저리가 온통 유르트로 덮였다. 그녀는 가까이에 있는 집에서 무서움에 질려 벌벌 떨고 있을 부모의 얼굴도 보지 못한 채, 술탄의 유르트로 끌려가서 하룻밤을 지냈다. 그 밤이 샜을 때 술탄 티무르가 한 말이 있었다. 너는 내 고향 녹색 도시, 하르리사브즈에서 같이 자란 소꿉동무 호자이루그의 환생이다. 호자이루그는 열여섯 살에 죽었다. 이제부터 사람들이 너를 녹색빈 호자이루그라 부를 것이다.

그렇게 시냇가에 있는 고향 집을 떠났다. 다행히 떠나기 전에 집에 가서 부모님께 인사를 할 수 있었고, 그때 칸나 구근을 좀 가져올 수 있었다. 앞마당의 가장자리에, 뒤란 텃밭 너머에 울타리를 세운 듯이 칸나들이 에워싼 집. 한여름부터 늦가을까지 헤벌쭉 벌어진 입술 같은 붉은 꽃들이 달큼하고 싱그러운 향기를 날리던 집. 비록 그곳을 떠나 살 수밖에 없다 해도, 가까이 그것들이 있다면 반드시 위로가 될 것 같았다.

이제 하룻밤이 남았다. 내일 정오라면 거기에 조금 더 시간이 남은 것인가……. 하지만 총책 마드라는 그때에 맞춰 떠난다 했다. 반드시 그녀의 곁에서 떠나야 한다 했다. 먼저는 그녀가 다시 술탄 티무르의 여자로 사는 꼴을 볼 수 없고, 그다음으로는 빼앗긴 조국의 광복을 위해 지금껏 미뤄놓은 일을 해야 한다 했다. 그의 조국은 이란이었다. 그해 3월 전쟁에서 조국의 병사들이 항복했을 때, 승장인 최고 지휘관 술탄 티무르는 모조리 목을 베라 명령했고, 성문 앞에 머리로 탑을 쌓아놓고 시민들을 위압했던 것이었다. 그녀는 총책 마드라가 조국을 위해 무슨 일을 어떻게 할 계획을 가지고 사마르칸트에 왔는지 몰랐다. 하지만 그가 그녀를 만남으로써, 둘이서 위험한 사랑을 이어옴으로써, 그 사랑을 서로 진심이라 믿음으로써 그 일을 미뤄놓고 있다는 사실만은 눈치채고 있었다.

총책 마드라는 술탄 티무르가 제후국인 이란의 칸에게 명령해서 찾은 사람이었다. 이란은 제후국들 중에서 색타일 제조 기술이 가장 뛰어났고, 그는 이란에서도 최고의 색타일장이었다. 그녀는 술탄 티무르와 함께 그를 처음 만났다. 작고 둥근 얼굴에 딱 어울리게 솟은 코는 끝이 부드러웠다. 검고 동그란 큰 눈은 젖어 있었다. 수염 속의 도톰한 입술이 안정감을 갖게 했다. 첫눈에 믿음이 가고 친근감이 가는 인상이었다. 그에게 공사 총책을 맡긴 것도 당연히 술탄 티무르였다. 그 자리에서 술탄 티무르는, 이번에 짓는 궁궐의 주인이 바로 녹색빈 호자이루그라고 소개한 뒤에, 그녀가 그를 주인으로서 부릴 것이라고 밝혔다. 자신이 이 궁궐을 지어 그녀에게 바치기로 결심한 것은, 아홉 명의 비와 빈들 중에서 가장 사랑하기 때문이라

덧붙였다. 술탄 티무르는 그녀가 사마르칸트에 온 지 채 여섯 달이 되지 않았을 때 별채를 지어주었고, 거기서 여섯 달이 지나자 이제 북인도 정벌을 앞두고 궁궐을 지어주겠다는 것이었다. 그가 언제 돌아온다는 기약은 없었다. 이번에는 기어이 북인도를 정벌한 뒤에야 돌아오겠다는 다짐만 남겨둔 것이다. 살아서 돌아오지 못할 수도 있는 일이었다.

그때 그녀의 머리에, 냇가에서 한 손에 들고 있던 젖은 빨랫감을 미처 내려놓을 새도 없이 느닷없이 덤벼든 그에게 한 팔을 붙들렸을 때가 떠올랐다. 그는 남은 한 손으로 그녀의 턱을 들어 올리고 얼굴을 돌려 귀를 잡아보고 히잡 머리를 뒤로 밀어 머리칼을 쓸어보았다. 여자가 밖에서 남자에게 머리칼을 보이고 만지게 하는 것은 순결을 빼앗긴 것과 같다. 아버지의 말씀이 귀에서 맴돌았다. 거기다 이마를 살피고 끝내는 콧등을 스쳐 내려 입술을 열어보기까지 했다. 그때부터 비비하눔이라는 제 이름이 묘연해진 것이다. 이렇게 이름을 잃어버린 채 살아야 한다는 생각이 턱없이 치밀어 오르면서, 코가 매콤해지고 두 눈귀가 저릿해졌다.

술탄 티무르가 10만 대군을 이끌고 북인도 출정을 떠나기 하루 전이었다. 그의 제국에서 차출된 기술자 200명과 노동자 500명이 다 모이고, 많은 시민들이 모인 가운데서 궁전 건설이 착공되었다. 별궁의 중심 건물과 좌우의 부속 건물들이 품고 있는 정원만 해도 가로가 167미터, 세로가 109미터였다. 이는 술탄과 황비의 거처가 있는 본궁에 버금가는 크기였다.

공사는 닷새 만에 하루를 쉬었다. 첫 휴일이었다. 그날 아침나절 새참 때가 됐을 때 그녀는 공사 현장으로 나갔다. 생전에 들어본 적도 없는 어마어마한 일이라서 겁이 났다. 물론 총책이 있고 하급 책임자들이 있지만, 그녀는 잠을 잘 수 없었다. 만일 건설 공사가 제대로 이루어지지 않는다면, 그녀라 해서 그 책임을 피할 수는 없을 것이었다.

총책 마드라가 혼자서 현장을 둘러보고 다니다가, 그녀와 가나 상궁을 발견하고 달려와서 머리를 숙였다. 그 자리에서 그가, 공사가 있는 날에는 아침마다 그녀에게 진행 상황을 직접 보고할 것이라고 말했다. 장소는 그녀의 전용 유르트였다. 만일 급한 일이 생기면 가나 상궁을 통해서 알리고, 허락한다면 찾아뵙겠다고도 했다. 그녀는 그의 제안을 거절할 이유가 없다고 생각해서 그러라 수락했다. 그런 뒤에 가나 상궁이 잠시 자리를 비웠을 때였다. 나중에 알고 보니 술탄 티무르가 날려 보낸 첫 번째 전서구가 가져온 급한 소식을 전달받으러 나간 것이었다.

"둘이 있을 때는 비비하눔이란 본명을 부르고 싶습니다만……. 티무르 술탄께서 아신다면 이놈의 목을 베겠다 하시겠지만, 녹색빈 호자이루그 님이란 호칭은 참 싫습니다."

그녀의 가슴속에서 먼저 뭉클 반가움이 일었다. 그래서 자신도 모르게 입에서, 오! 하는 감탄사가 낮게 새어 나왔을 것이다. 이때 가나 상궁이 안으로 들어왔다.

"그럼 그 급한 일은 다음 쉬는 날 이맘때 별채로 찾아오면 답을 주겠다."

그녀의 입에서 이런 대답이 나온 것은, 틀림없이 가슴에서 일어났던 그 뭉클한 반가움 때문이었다. 또한 가나 상궁에게 숨기려는 수작이었다. 그녀가 그 사실을 깨달은 것은 그 뒷날 현장에 나갔을 때였다. 그때서야 가슴이 꽤 오랫동안 두근거렸다. 그 때문에 그녀는 그가 거북해서 늘 유르트 안에 있었다. 그러나 정한 대로 총책 마드라가 공사 진행 사항을 보고하러 올 때면 서로 얼굴을 마주할 수밖에 없었다.

그를 약속대로 별채에서 정한 시간에 만났다. 그녀는 미리 준비해놓은 것이 있어서 그나마 마음을 놓고 있었다. 그렇게 하면 그가 저절로 이해할 거라 생각한 것이다.

그녀는 거실 탁자 위에 삶은 달걀 열 개가 담긴 유리그릇을 올려놓았다. 달걀마다 서로 다른 색을 칠해놓은 색색의 달걀들이었다. 총책 마드라가 그것을 내려다보면서 빙긋 웃었다.

"만일 이 놀이에서 비비하눔 님이 지시면 저의 청을 하나 들어주시는 조건으로, 즐겁게 이 놀이에 임하겠습니다."

그는 일방적이었다. 벌써 그녀의 본명을 불렀다. 그녀는 짐짓 불쾌한 표정을 얼굴에 담았지만, 머리를 끄덕이고 있었다.

"허락한다는 말씀으로 알고, 비비하눔 님을 따르겠습니다."

"여기를 보라! 이 그릇 속에 있는 달걀들은 겉이 모두 다르다. 그러나 이것들의 속은 모두 같다. 이것을 보라!"

그녀는 달걀을 하나하나 깨서 그에게 알맹이를 보여준 뒤에 말을 이었다.

"겉이 달라도 속은 모두 같다. 나를 비비하눔이라 부르든, 녹색빈 호자이루그라 부르든 뭐가 달라지는가? 나는 그대로 나일 뿐이다. 영 부르기 어렵다면 부르지 않고 일을 해도 좋다. 그래도 나는 달라지지 않으니까."

"감사합니다. 그럼 저는 닷새 뒤에 현장이 쉬는 날 오늘과 같은 시각에 다시 찾아뵙고, 저의 답을 올리고 싶습니다. 그렇게 하게 해주십시오."

그녀는 머리를 끄덕였다. 생각이 있었던 것이 아니었다. 저절로 그렇게 됐다.

총책 마드라는 조용히 물러갔다. 그녀의 마음에 싱그레

웃는 얼굴을 남겨둔 채였다.

그 웃음 때문이었을까. 그녀는 은근히 그가 기다려졌다. 게다가 그가 그만 답을 찾아내지 못해 포기해버리면 어쩌나 하는 걱정도 하고 있었다.

그가 약속대로 다시 그녀를 찾아왔다. 그녀는 속으로 가슴을 쓸어내렸다. 그는 공손하게 인사를 한 뒤 들고 온 연장 가방을 열더니, 유리잔 두 개를 꺼내서 탁자 위에 올려놓았다. 잔은 목이 가늘고 긴 꽃송이를 받침에 세워놓은 것 같았다. 속이 깊은 꽤나 큰 꽃송이였다. 이어서 망고 크기의 유리병 두 개를 더 꺼냈다. 병 하나로 잔 하나씩을 채웠다. 맑지만 끈기가 있어 보이는 액체였다. 서로 달라 보이지 않았다.

"유리잔 두 개는 겉이 서로 다르지 않습니다. 그러나 내용물은 아주 다릅니다. 하나에는 꿀이, 하나에는 달걀흰자가 들어 있습니다. 차마 맛보시란 말씀은 올릴 수 없습니다만 실제가 그렇습니다. 겉이 같다고 해서 속까지 같은 건 아닙니다. 제가 비비하눔이라 불렀을 때 빈께서는 가슴속에서 빨간 칸나꽃들이 피어납니다. 오래된 기쁨이 피어납니다. 그런데 녹색빈 호자이루그 님이라 불렀을 때는 순간 가슴이 움츠러들어 답답해하시는 모습을 봅니다. 어디로 달아나고 싶어 하시는 것 같습니다. 사람은 그렇습니다. 속마음은 끝내 겉에 드러나기 마련입니다. 마치 이곳 땅속에 숨겨놓은 길이 있다는 사실을 내내 숨길 수 없는 것과 다르지 않습니다. 하여 저는 감히 비비하눔을 비비하눔이라는 이름으로 불러드리고 싶습니다. 틀렸는지요? 남이 없을 때만이라도 그러고 싶습니다. 허락하여 주십시오. 그래야 감독도 더 잘할 수 있습니다.”

그녀는 속으로 울고 있었다. 아무 말도 나오지 않았다. 그는 그렇게 그녀를 울려놓고 인사도 없이 가버렸다.

그런 소문이 난 것은 그로부터 1년이 지나서, 별궁의 중심 건물과 좌우의 부속 건물들까지 골조가 서서 궁궐 전체 규모가 드러났을 때였다. 가운데 자리 잡은 정원에는 벌써 옮겨 심은 뽕나무며 파초 같은 것들이 제자리를 잡아가고 있었다.

공사 총책 마드라가 녹색빈 호자이루그를 사랑하고 있다는 소문이었다. 그러나 그 소문을 들은 누구도, 가나 상궁까지도 코웃음을 쳤다. 도리어 누가 그따위 소문을 퍼뜨리는지 잡아들여 입을 꿰매놔야 한다고, 모두들 분개하기까지 했다는 것이었다.

그런데 가나 상궁은 며칠 전의 해 질 녘에 무심코 거실에 들어갔을 때를 어렴풋이 기억하고 있었다. 공사 진척 상황을 보고하러 온 총책 마드라가 녹색빈을 비비……뭐, 라고 부르는 것을 얼핏 들은 것 같았다. 그래도 그녀는 머리를 저었다. 그때의 분위기가 그게 아니었다. 녹색빈 호자이루그는 자신의 의자에, 총책은 신하의 의자에 흐트러짐 없이 앉아서, 이제 각종 색타일을 본격적으로 골조에 입히는 작업이 시작될 텐데 공급에 차질이 없는지를 따지고 있었다. 그녀는 다시 머리를 저었다. 잘못 들은 것이었다.

두 사람은 누가 봐도 술탄 티무르의 명령에 충실한 사람들이었다. 녹색빈 호자이루그는 아침 일찍부터 점심때까지 현장에서 기술자들과 인부들의 안전과 건강을 챙겼으며, 총책 마드라는 하루 종일 건설 현장은 물론 산중에 있는 색타일 공장이며 석재 공장까지 돌아다니면서 하나하나 점검했고, 채근할 것은 꼭 채근했다.

건물들의 내외장 공사가 다 끝나는 성싶었다. 그런데 본채를 출입하는 중앙 아치문의 이마에 아직 타일을 붙여야 할 빈 자리가 남아 있었다. 바깥 선을 따라 파란색 타일을 다섯 개쯤, 중앙선을 따라 초록색 타일을 그만큼, 그 안쪽에 흰색 타일을 또 그만큼 붙여야 할 것 같았다.

다시 소문이 나돌았다. 공사 총책 마드라가 아치문을 완공하는 조건으로 녹색빈 호자이루그에게 입맞춤을 요구한다는 내용이었다. 이때도 사람들은 믿지 않았다. 그깟 타일 몇 장쯤이야 얼마든지 다른 곳에서 구해다 붙여도 될 것이라 생각한 것이다. 녹색빈 호자이루그를 협박할

가치가 없는 일이라는 것이었다. 가나 상궁도 마찬가지였다. 하지만 그녀는 사람들과 다른 이유를 갖고 있었다. 만일에 그런 일이 있다면, 어찌 가장 가까이서 생활하는 자신이 모르겠는가 하는 자만심이었다. 또 우연히 옆에서 주워들은 두 사람의 이야기가 있었다. 아치문 이마의 빈자리에 붙일 수 있는 타일은 아무나 구워낼 수가 없다 했다. 색타일은 강도도 중요하지만 색깔과 광택이 더 중요한데, 반드시 같은 솜씨여야 한다는 것이었다. 흙과 물은 물론 유약의 조제 방법이 같아야 하고, 필요한 땔감의 종류에서 불을 지피는 방법까지가 같아야 한다는 것이었다. 거기다 만일의 경우 청색·녹색·백색 타일을 각각 100만 장씩 새로 구워내서, 이미 붙여놓은 것들을 다 떼어내고 다시 붙여야 하는 사태가 일어날 수도 있다는 것이, 가나 상궁의 생각이었다. 그 결과가 어찌 될지는 빤하지 않은가. 시간은 시간대로 돈은 돈대로 다시 새 궁궐을 짓는 만큼 들어갈 수도 있었다. 또 죽고 다치는 사람이 그 얼마나 될지 아무도 모를 일이었다.

총책 마드라가 왜 그렇게 무모한 짓을 하겠는가 했다. 그동안 그가 얼마나 열심히 술탄 티무르에게 충성심을 바쳐온 사람인데…….

그동안 술탄 티무르는 자신을 비롯한 충성스러운 군사들의 전리품을 수레들에 싣고 개선하는 소식을 전서구에

실어서 잇대어 날려 보냈다. 그때마다 궁궐 안팎은 거친 파도가 밀려드는 것 같았다. 사람들이 성급히 본궁 언저리로 모여들고 있기도 했다.

비비하눔은 더는 어쩌지 못하고 침실로 달려 들어가서 명나라 자기 속에 숨겨놓은 편지를 꺼냈다. 오늘 아침 현장에 나갔을 때 총책 마드라가 슬쩍 손에 쥐여준 편지였다. 편지를 펼치는 두 손이 바르르 떨렸다.

술탄은 내일 낮 태양이 하늘의 중심에 올라 지상의 온갖 사물들의 그림자가 지워지는 시각에 맞춰 본궁으로 돌아옵니다. 나는 내가 할 일을 하기 위해서 계획된 길을 떠나는 것뿐입니다. 그동안 열심히 궁궐을 지은 것도 그 일을 하기 위해서였습니다. 하지만 타일 공사는 궁궐을 다시 짓는 데 필요한 만큼의 돈을 들여 전체를 새로 할 수밖에 없을 것입니다. 또 갑자기 술탄 티무르의 목숨 줄이 끊어진다면 영원히 공사가 중단될 수도 있을 것입니다. 이제 비비하눔은 오늘 밤부터라도 녹색빈 호자이루그로 돌아가면 됩니다. 맹세하건대 마드라가 비비하눔을 사랑하는 마음은, 시작부터 끝까지 먼지 알갱이 하나만 한 거짓도 없었습니다. 마드라는 죽어서도 비비하눔을 그리워할 것입니다. 그럼 비비하눔, 안녕! 마드라 드림 비비하눔은 양탄자 위에 털썩 주저앉았다. 그녀가 여태껏 편지 내용을 보지 못한 이유도 이렇게 절망적인 내용을 확인하게 될까 봐 두려웠기 때문이었다. 그가 정녕 혼자서 떠난다……, 혼자 떠나버린다……. 그리고 나는, 혼자 남은 이 비비하눔은 녹색빈 호자이루그로 돌아간다……. 이렇게 잔인할 수 있는가……? 그가 이런 남자였나……? 도대체 조국을 위해 꼭 해야 할 일이 뭔데……? 술탄 티무르의 손길이 처음 그녀의 얼굴에 닿았던 기억이 되살아났다. 돌덩어리처럼 딱딱하게 굳어진 몸뚱이를 깎아내듯 쓰다듬던 그 손길. 모든 일들이 마구잡이로 막무가내로 거칠 것이 없던 그 밤. 온몸에서 피가 철철 흐르는 것 같았다.

그 놀이를 했던 밤을 뜬눈으로 지새운 그녀가 아침을 먹는 둥 마는 둥 하고 현장으로 나갔을 때, 그는 이미 작정하고 난 뒤였다. 남이 보지 않을 때는 꼭꼭 그녀를 비비하눔이라 불렀던 것이다. 놀라운 것은 그때마다 그녀의 가슴속에서 칸나꽃들이 헤벌쭉 피면서 향기를 날렸다는 것이다.

그랬는데도 마드라가 그녀의 왼 손등에 가볍게 입술을 얹기까지는, 그 놀이를 하고 난 뒤에 무려 석 달이 걸렸다. 그것도 고작 한 차례였다. 유르트에서 공사 진행 상황을 보고하고 난 그가 금세 제자리에서 그녀 곁으로 날듯이 오는가 했는데, 바람결처럼 입술이 왼 손등을 스쳤다. 얼결이었는데도 그녀는 불에 덴 듯 놀랐다.

"달이 뜨지 않는 밤을 기다려서 자정에 파초 숲으로 가겠습니다."

그녀의 한쪽 귓가에 뜨거운 숨결이 잠시 얹히는 것 같았는데, 말이 되어 남았다. 그때가 술탄 티무르가 전장으로 떠난 지 다섯 달이 지났을 무렵이었다. 그날 가나 상궁이 몸져누웠기에 그 얼마나 다행인가 싶었다. 그때까지도 술탄 티무르가 조금이나마 궁금하지 않았다.

별채로 돌아온 그녀의 몸에 이상한 현상이 일어나곤 했다. 날마다 해 질 녘부터 마드라의 입술이 닿았던 자리에서 열기가 살아나는 것이었다. 열기는 작은 거품들이 수없이 솟아 터지는 간지러움을 불렀다. 그러던 것이 거기에 다시 열기가 더해지고 그 기운이 명치께로, 아니 앙가슴께로 번져 전체로 박하 향처럼 은은하게 퍼졌다. 이 일을 도대체 어쩌면 좋은가. 의사를 찾아 보일 수도 없는 일이었다.

그녀는 기어이 파초 숲으로 나가고 말았다. 사이사이에서 자라 첫 꽃을 피운 칸나들도 그곳에서 기다리고 있었다. 그녀는 더듬어 잡은 칸나 잎사귀에 제 볼을 쓸어보고, 헤벌쭉 벌어진 꽃들로 그 자리를 얼러보았다. 신통하게도 증상이 조금씩 가라앉아 가는 것 같았다. 이어서 그녀가 벌어진 입술 같은 꽃을 코로 가져간 것은 자신도 모르는 일이었다. 스르르 눈이 감기는 느낌이었다. 어느새 그 힘들었던 증상이 저릿저릿한 기쁨으로 바뀌어가고 있었다. 그 기쁨이 점점 커지고 높아졌다. 숨이 막혔다. 그녀는 제 손으로 제 입을 막아, 흩어져서 온몸에서 터지는 희열을 견뎌냈다. 끝내는 시냇가의 고향 집에 온 듯 편안해졌다. 그녀는 칸나잎 위에 누워 있었다. 맨등이 그 느낌을 일러 주었다.

그녀는 한 달에 한 번씩만 그렇게라도 그를 만날 수 있었다. 기다리고 기다려서 그믐밤이 오고 자정이 됐을 때였다. 그런데도 그동안 두 사람 관계가 세상에 드러나지 않은 것은 어쩌면 당연한 결과였을 것이다. 총책 마드라가 일부러 터무니없는 소문을 퍼뜨려서 그때마다 사람들을 실망시킨 것이다. 두 사람이 현장에서 보여준 성실함은, 잠시라도 그 소문을 입에 올린 사람들을 비난하게 하고, 두 사람에 대한 신뢰감을 더욱 두텁게 했을 뿐이었다.

소문이 났다가 가라앉을 때마다, 별채에서 그녀를 수발하는 여인들이며 건물을 경비하는 병사들의 경계심은 풀리고 풀려서, 이제는 임무가 무엇인지 잊어버린 사람들 같았다. 그녀를 위로하려 들기까지 했다.

그녀는 몸을 부들부들 떨어댔다. 숨이 잘 쉬어지지 않았다. 앞으로는 사는 일이 죽는 일보다 못했다. 그가 그토록 중한 일을 하기 위해 꼭 떠나야 한다 해도, 이곳에 남은 그녀가 그렇게 살기를 바라겠는가. 그의 사랑에 먼지 알갱이 하나만 한 거짓도 없다 했는데……. 어찌 죽는 것보다 못한 삶을 살라 하겠는가. 그를 만나야 했다. 그에게 길을 물어야 했다.

비비하눔은 침실을 뛰쳐나가면서, 소리쳐 가나 상궁을 찾았다. 방 밖에서 지키고 있던 시녀가 달려가 곧 그녀를 데려왔다.

"당장에 총책 마드라를 들게 하라. 티무르 술탄님이 환궁하시기 전에 반드시 본채의 아치문 공사를 마무리해야 한다. 알겠느냐?"

일의 시급함을 누구보다 잘 알고 있는 가나 상궁은 곧 몸을 돌려 다급히 나갔다.

"마차를 보내라. 그가 떠나버리면 어찌하겠는가? 우리 모두의 죽음이 기다리고 있다. 당장 가서 데려오라……. 내가 직접 그에게 책임을 물어 따질 것이다……."

가나 상궁이 경비병들까지 동원한 모양이었다. 마드라는 시간이 얼마 지나지 않아서 연장 가방을 한 손에 든 채 경비병 둘에게 두 팔을 잡혀 끌려오듯 들어왔다. 다행히 충돌이 있었던 것 같지는 않았다. 그는 숙소에 있었던 듯

했다. 그녀를 바라보는 그의 눈길이 멀뚱했다. 벌써 타인이 된 듯해서 그녀의 앙가슴이 찢어지는 것만 같았다.

다른 이들이 알아서 물러갔는가 했는데, 곧 가나 상궁이 다과를 내왔다. 막상 그가 와 있으니 그녀는 무엇을 어찌해야 할지 알 수가 없었다. 그녀를 놔둔 채로 그는 들고 있던 연장 가방을 열었다. 그는 탁자 위에다 똑같이 생긴 유리잔 두 개를 꺼내놓았다. 가방도 유리잔도 그녀의 눈에 익은 것들이었다. 그의 놀이가 다시 시작되는가 보았다. 이어서 유리병 하나를 더 꺼냈다. 그 속에서 맑은 액체가 찰랑거렸다. 그가 그녀를 한번 돌아보았다. 얼굴에 담긴 표정이 여전했다. 그래도 이제 그녀는 마음이 편안했다. 그가 왔다면 그를 믿어야 했다. 그녀가 급히 찾는 이유를 이미 그는 짐작하고 있을 것이었다. 병마개를 뽑아 그가 잔들을 채웠다.

"이 마드라는 비비하눔을 시험에 들게 할 생각이 없었습니다. 말씀드린 대로 기다리던 때가 와서 그만 떠날 생각이었습니다. 그러나 이 잔들을 같이 비우면, 우리가 같이 홀홀 떠날 수도 있겠다 싶어서 왔습니다. 만일 지금이라도 이곳에 비비하눔이 혼자 남겠다면 당장 이 잔들을 치우고 떠나겠습니다."

그의 말이 다 끝나기도 전이었다. 그녀가 탁자로 달려들어 잔 한 개를 단숨에 비워버렸다. 그리고 이제 됐느냐는 듯이 그를 빤히 바라보았다. 순식간이었다.

그는 두 팔로 그녀를 안았다. 그녀의 두 볼은 붉었다. 그는 그녀의 히잡을 뒤로 젖혀 물에 젖은 듯 검은 머리칼을 두 눈에 담았다. 빛을 머금고 반짝였다. 쓰다듬는 그의 손이 젖어들면서 빛이 되어갔다. 그가 그토록 빛이 있는 데서 보고 싶어 하고 쓰다듬어 보고 싶어서 애태웠던 비비하눔의 머리칼이었다. 그는 비로소 온전히 그녀의 남자가 되었다는 생각이 들었다.

"이렇게 비비하눔은 '빨간 돕프'의 영광스런 동지가 됐습니다. 마드라와 함께 길을 떠날 수 있게 됐습니다. 이제 비비하눔은 좀 깊은 잠에 빠질 것입니다. 그리고 내일 저녁때쯤에는 술탄의 명으로, 술탄이 보는 데서 우리는 자유를 얻게 될 것입니다."

마드라는 자장가를 부르듯 조용조용 말을 마쳤다. 빨간 돕프……! 비비하눔이 알았다는 듯 한 차례 머리를 끄덕이는 것 같았다.

돕프는 이슬람 남자들이라면 누구나 머리에 얹듯이 쓰는 챙이 없는 모자였다. 단색으로 된 것은 거의 볼 수 없었는데, 지금 마드라는 빨간색 돕프를 쓴 남자를 말하고 있었다. 그런 무리가 있는 것 같았다. 더욱이 자신이 여자인데도, 이슬람 여자들은 사람대접을 받지 못하는데도 그가 있는 그 무리의 새로운 한 사람이 됐다는 뜻이었다. 이럴 수도 있는 일인가. 이런 세상이 어디에 있다는 것인가. 그녀의 머릿속에 생각들이 소용돌이쳤다.

막 한 차례 하품을 하고 나자, 그가 그녀의 왼 볼에 오랫동안 입맞춤을 했다. 그녀의 잠든 얼굴에 미소가 감돌고 있었다.

그는 그녀를 안아 올려 침실로 들어가서 침상에 눕혔다. 그의 가슴이 불타는 것처럼 뜨거웠다. 비비하눔을 침대에 눕혀 재울 수 있다니……. 가방을 열 때까지도, 아니 유리잔에 약을 따를 때까지도 두렵고 두려웠다. 그녀가 거절할 수도 있었다. 맘만 먹는다면 얼마든지 빈으로 돌아갈 수 있었다. 둘밖에 모르는 사랑이었으니까. 그녀는 벌써 3년 전부터 빈이었다. 그렇게 되면 다 끝이었다. 그는 다시금 그녀의 왼 볼 그 자리에 오래오래 입맞춤을 했다. 그런 뒤에야 거실로 나가, 아까 꺼내놓은 것들을 남김없이 가방에 챙겨 들고 거실을 나서면서 가나 상궁을 불러 말했다. 비비하눔은 피곤한 나머지 깊은 잠에 들었다고. 그러나 곧 깨어날 것이라고. 가나 상궁이 놀란 눈으로 봤을 때, 감히 녹색빈 호자이루그를 비비하눔이라 부른 총책 마드라의 얼굴빛은 유난히 밝았다.

다음 날 해 질 녘 비비하눔은 새로 지은 성의 동쪽에 서 있는 첨탑 꼭대기에 서 있었다. 50미터 높이였다. 술탄 티

무르가 빈 자격을 박탈해서, 이제 제 이름을 쓰게 된 것이 더없이 기뻤다. 첨탑 밑에 빼곡히 모여든 사람들 중에는 뜻밖에 우는 사람들이 많았다. 그녀는 눈을 들어 먼 하늘을 보았다. 텅 빈 하얀 하늘이 펼쳐져 있었다. 날아오르기에 딱 좋은 하늘이었다. 술탄 티무르는 사람들 가운데 쌓아 만든 높은 단에 우뚝하게 앉아 있었다. 그가 오른팔을 높이 들어 보이면, 뒤에 지키고 서 있는 집행인이 달려들어 그녀의 등을 사정없이 떠밀 것이었다. 다 예상하고 있는 일이었다. 그래서 마음이 더없이 홀가분했다.

비비하눔은 묶인 두 손을 들어 왼 볼을 손등으로 쓸어보았다. 어젯밤에 잠에서 깼을 때부터 수없이 쓸어본 볼이었다. 신비스러운 일이었다. 최고 색타일장의 솜씨는 역시 달랐다. 어찌 그렇게도 선명하게 그의 입술 자국을 남겨놓았다는 말인가. 그것도 비비하눔과 마드라의 사랑을 세상에 알리는 징표로 말이다.

잠시 그녀의 등 뒤에서 잠깐 소란이 이는 듯했다. 순간 그녀는 편안히 눈을 감았다. 달아났다던 그가 온 것이었다. 그녀가 믿고 기다린 마드라였다. 그녀의 두 손과 두 발을 묶은 쇠사슬이 풀렸다. 그녀는 아직 눈을 감은 그대로였다. 그가 그녀의 손을 꼭 잡았다.

"빨간 돕프으……! 빨간 돕프는 나서라아!"

그가 먼저 밖을 향해 소리쳤다. 눈을 뜬 그녀도 소리를 모았다. 사람들이 웅성거리면서 두 사람에게 관심을 모았다. 그새에 일을 치를 계획이었다. 아, 이거였다. 한 무리의 남자들만 빨간색 돕프를 쓰고 있었다.

"빨간 돕프으……! 빨간 돕프는 행동을 개시하라아!"

그때 그녀는 보았다. 빨간 모자를 쓴 남자들이 칼을 빼들고 술탄 티무르를 향해 달려들고 있었다. 두 사람에게 관심을 빼앗겼던 술탄의 경호병들이 그때야 빨간 돕프들을 향해 달려가고 있었다.

"빨간 돕프으……, 빨간 돕프으……."

그녀는 그와 함께 목이 터져라 소리쳐댔다. 순간 누군가의 힘에 밀려 두 사람의 몸이 하늘에 떴다. 두 사람은 잡고 있는 손에 다시 힘을 주었다. 죽어도 놓지 않을 것이었다. 함께 팔을 저어 두둥실 떠갔다.

앞에서 칸나꽃 향기가 붉게 날리고 있었다.

이정

사마르칸트의 밤

1

계절이 바뀐다는 신호처럼 바람이 불고 간간이 빗낱이 떴다. 창문 가까이 뻗은, 수령이 650년 되었다는 뽕나무의 잎이 물기로 번들댔다. 담배를 피우면서 열어놓은 객실 창문이 바람에 밀려 쿵, 닫혔다. 테이블을 가운데 두고 의자에 앉거나 침대에 걸터앉아 보드카를 마시던 일행이 그 소리에 잠시 대화를 멈췄다. 호텔로 돌아오기 전에 본 이 도시 전통의 실크 소재 의상 쇼를 화제 삼다가 마침 시들해진 참이었다.

"야아, 또 시 낭송하려고?"

효 형이 분위기를 세우려고 입을 열려는 순간, 내가 방정맞게 나섰다. 평생 시인으로 살아온 형은 자주 좌중을 시 낭송으로 끌어갔다. 술 마시고 찬송가를 부르는 것처럼 그 짓이 마뜩잖았다. 더구나 나는 어서 이 자리를 벗어나고 싶어 몸이 달아 있었다. 이 여행 출발 두 달 반 전에 비교적 큰 사고를 당했다. 교통신호를 무시하고 달려온 차에 오른쪽 갈비뼈와 폐, 팔꿈치가 작살났다. 그럼에도 몇 년 전 이 도시에서 나포사와 함께한 추억의 갈피 속으로 차츰차츰 기어드는 자신을 막을 힘을 잃고 있었다. 거기에다가 사성 형이 여행을 포기하지 않았다. 형은 갑자기 귀의 평형기관에 이상이 생겨 미지의 별에 막 도착한 양 땅에 발 딛기를 조심스러워하는 처지였다. 겨우 오긴 했어도 내 몸은 가끔 신음을 토해냈다. 나는 그걸 핑계 삼아 객실에서 기다리는 나포사에게 갈 기회를 노리고 있었다.

"동화 작가들이 모이면 촛불까지 켜고 동요를 부른다니까."

상문 형이 대꾸했다. 시 낭송을 두둔하는 건지 언짢아하는 건지 분명하지는 않았다. 소설가지만 장르를 다 아우르는 큰 문학 단체의 장을 지냈으니까 별꼴 다 겪었을 것이다. 사성 형은 시인들과의 술자리는 원래 그런 거라는 눈빛을 보냈다. 방송국 제작 책임자 시절 홍틀러라 불리던 깡다구가 시 전문지 주간을 지내면서 형해조차 걷어냈는지 형은 술 앞에서는 감상적으로 변한다. 청색과 황색의 격자무늬들이 뒤섞인 이슬람식 양탄자 바닥에 앉아 나와 함께 담배를 피우던 경철 형은 슬며시 비웃었다. 이상하게 여기는 네가 이상한 놈이라는 말 없는 말이었다. 싸가지 있게 노는 행동조차 삐딱하게 바라보는 데 익숙한, 같은 신문기자 출신의 나와는 아예 종이 다른 사람 같은 느낌이 들 때가 있다.

"정, 가서 여류 작가들이나 모셔 와. 우리만 마신다고 짝짝 씹는 소리가 들리지 않냐?"

영재 형이 자연스레 국면을 바꿨다. 형의 은유는 역설적으로 직관적이다. 가까이 있는 표현을 에둘러 찾으려는 사람들은 종종 무릎을 친다.

남자 중 제일 쫄따구인 나는 조금 전 이미 여류들의 객실 문을 일일이 두드리고 다녔다. 지구의 민낯 같은 사막에 와서 속도라는 낱말을 잊었다는 금용 형과 한 번도 슬퍼본 적이 없을 것 같은 지헌 형은 술이 부족할 테니 객실에 비치된 맥주를 들고 오겠다고 했다. 소녀 감수성이 세월 따라 사라졌음을 비로소 알아챈 듯 깊은 생각에 잠긴 도선 형은 술을 못 마신다는, 다 아는 방패를 또 들이밀었다. 시인이 되지 않았으면 어쩔 뻔했을까 싶은 경 형은 구상 중인 시구 속을 헤매는지 기억에 남지 않는 동문서답을 했다. 내숭은 모른다고 얼굴에 쓰인 사막의 여전사 추인 형은 말을 꺼내기도 전에 몇 호실로 가면 되느냐고 물었다. 세상에 신기한 게 내겐 더 없다는 눈빛을 숨긴 게 슬쩍슬쩍 비치는 일연 형은 독방을 차지해 방 번호를 알 수 없었다. 제일 나이 어린 우남 형은 까마귀 노는 데 백로가 함부로 낄 수 있느냐는 듯 예쁜 콧대를 우뚝 세우며 재는 눈치였다. 여류들의 출현은 이제 기다리기만 하는 되는 것

이다.

나는 담배를 끄고 일어섰다. 이곳에서 나간다고 해서 이상하게 생각할 사람이 없을 듯싶었다.

2

객실에서 서성이던 나포사가 나를 향해 두 팔을 벌렸다. 푸른 실크 히잡이 팔 밑에서 물결처럼 너울거렸다. 나는 그녀의 가슴에 가볍게 안겼다. 히잡의 이마 부분에 박힌 구슬 장식이 볼을 간지럽혔다. 하지만 키스는 하지 않았다. 아픈 몸 때문만은 아니었다.

"아까 의상 쇼를 진행하는 중에 객석에 앉은 당신을 발견하고 너무 놀랐어요. 다음 연기를 몽땅 잊을 뻔했어요. 당신이 비행기로 일곱 시간이나 걸려 중국 대륙과 톈산 산맥을 넘고, 또 고속열차로 두 시간 반이나 사막을 달려 이 먼 오지까지 왔다고 생각하니 가슴이 벅찼어요. 언젠가 이렇게 예고 없이 제 곁으로 돌아오실 줄 알았어요."

그녀는 마트료시카 인형처럼 살포시 머금은 미소를 풀지 않았다. 전과 다름없이 뭐든 잘 참을 것 같았고, 어떤 경우에도 화를 내지 않고 다 받아들일 것 같았다. 한때 나는 그녀가 세상에서 가장 아름다운 여자라고 믿었다. 지금 다시 보아도 그 믿음은 맞았다. 나는 손짓을 하여 의자를 권하고 맞은편 의자에 앉았다. 막상 만나니까 아는 답을 확인하러 온 것 같은 답답함이 사라지고 설렘이 일렁였다. 의자에 앉은 그녀는 자신이 가져온 등나무 바구니에서 니냐(멜론의 일종)를 꺼내 깎았다.

"당신의 눈길이 언제나 제게만 머물길 바란다고 제가 한 말을 기억하시지요? 당신이 떠난 뒤에야 그 말이 잘못됐다는 사실을 깨달았어요."

그녀와 함께했던 시절, 티무르 왕의 영묘靈廟를 둘러보고 나올 때 그 출입구에 있는 돌확 앞에서 그녀가 한 말이 떠올랐다.

"병사들이 전투를 하려고 성문을 나설 때 티무르 왕은 병사들에게 이 돌확 안에 담긴 석류즙을 한 잔씩 마시게 했고, 전투가 끝나 돌아올 때에는 이 돌확 안에 석류즙을 한 잔씩 따르게 했대요. 돌확에 찬 즙의 차이로 죽은 병사의 수를 어림잡았대요. 저는 당신에게서만은 그렇게 인격이 무시된 무리 중 하나로 기억되길 바라지 않아요."

표현하진 않았지만, 사실 그 시절 나는 그녀를 가장 특별한 사람으로 점찍어 두고 있었다. 그녀에게 잘 보이고 싶은 일념으로 옷도, 머리도, 속옷조차도 신경을 썼다. 그래서 대책 없이 그녀를 향해 내달리는 관성을 제어하느라 안간힘을 쏟았었다.

"제가 사랑하는 사람이 제게 어떻게 했느냐는 건 중요
하지 않았어요. 언제나 제가 먼저 당신을 섬겨야 했어요.
당신이 떠난 뒤 당신을 그리워하는 고통에 비하면 그건 아
무것도 아니었어요."

그녀가 헤어짐의 원인을 스스로에게서 찾듯 변명했다.
세월이 그녀를 나로부터 멀어지게 한 게 아니라 더 집착하
게 한 것 같았다. 무슬림이 '절대 순종하는'이라는 뜻이라
고 했던가. 내게 순종하는 게 알라의 뜻이라고 여기기로
다짐한 모양이었다. 그녀가 건네는 니냐 한 쪽을 입에 물
었다.

"그때 난 아름답고 마음씨 착한 세상의 모든 여자들에
게 관심을 가졌어. 당신도 그중 한 사람이었을 뿐이야."

그녀를 밀어내듯 나는 대꾸했다. 그녀는 여전히 미소를
거두지 않았다. 믿을 걸 믿으라고 하세요, 라는 표정이 비
꼈을 뿐이었다. 히잡을 벗었다. 잔잔히 반짝이는 머리칼
과 목 언저리의 부드러운 곡선이 드러났다. 눈길을 빼앗
던 옛 모습 그대로였다. 그녀도 니냐를 베어 물었다.

헤어지기 직전 우리는 비비하눔 모스크에서 열린 이드
알피트르 축제에 참가하고 있었다. 한 달 동안 낮에 금식
하는 라마단이 끝난 다음 날부터 사흘 동안 열려 음식과
선물을 주고받는 축제였다. 그 열기 탓이었을까? 뜻밖에
그녀가 동거하던 남자가 있었다고 고백했다. 하나만 알

고 둘을 모르던 시절의 실수였다나. 남자가 지금도 그녀를 못 잊고 연락을 한다고 했다. 자신을 돋보이려는 수작은 아니었다. 신앙고백과 비슷한 순수함이 엿보였다. 실수는 성숙과 가까이 있는 낱말이지, 라고 나는 점잖게 대꾸했다. 하지만 자꾸 생각이 깊어졌다. 마침내 속이 부글부글 끓어올랐다. 저 미너렛(예배 시간을 알리는 첨탑) 위에서 비비하눔 왕비를 떨어뜨려 죽였다는 티무르 왕이 생각났다.

비비하눔 왕비는 인도 원정을 떠난 티무르 왕의 개선을 바라며 모스크를 짓기 시작했다. 왕비에게 반한, 모스크를 짓던 건축가가 딱 한 번만 키스해달라고 통사정했다. 건축가의 태만을 근심하던 왕비는 모스크의 완공을 위해 마지못해 허락했다. 그런데 그 자국이 왕비의 얼굴에 남았다. 나포사의 몸과 마음에 전 애인의 흔적이 남았을 것처럼. 개선한 티무르 왕은 건축가를 50미터에 이르는 미너렛 꼭대기에서 떨어뜨려 죽였다. 왕비도 같은 방법으로 죽였다.

그날 축제에서 미몽에 시달리던 나는 어느 순간 미친놈 정신 돌아오듯 번쩍 찾아온 깨우침을 얻었다. 내가 얼마나 이기적인지, 발정 난 수컷 같은 야만의 욕망을 사랑이라고 강변하는지 절감했다. 나는 기혼자였다. 벌써 고등학교에 다니는 딸이 있었다. 그것을 구태여 입 밖으로 드러내지 않은 탓에 그녀는 나를 이마에 주름이 생기기 시작한 늙은 총각쯤으로 여기고 있었다. 더구나 그녀는 20대 후반, 나는 그녀 나이의 한 배 반이 넘었다. 나는 맞잡은 그녀의 손을 풀었다. 이제 당신 곁을 떠날 때가 되었어, 라고 속으로 뇌까렸다.

그날 밤 울적한 심사를 달래려고 65도짜리 보드카 한 병을 다 비우고 쓰러졌다. 야만의 욕망을 버렸다 해도 더 버려지지 않는, 진실이라고 일컬어야 할 것 같은 무언가가 가슴에 남아 있었다.

이 도시에도 비가 오긴 온다는 사실을 가르쳐주려는 것처럼 잠시 뜨던 빗낱은 졌다. 객실에 에어컨이 돌아가고 있어서 덥지는 않았다. 그래도 그녀는 더 편안한 상태를 원하는지 원피스의 가슴 쪽 단추를 두어 개 풀었다. 한아틀라스를 닮은 긴 구름무늬의 가운데를 가르며 열린 원피스 사이로 앙가슴이 돋보였다.

"비는 그냥 내리지 않아. 내릴 때가 됐는데 할 때 내리지. 알라께서 내 청을 들어주실 때가 됐던 거야."

떠나겠다는 내 선언을 들은 그녀의 어머니는 몹시 기뻐했다. 고대의 한 실크 기술자가 이 지역 최고급 실크로 유명세를 떨치는 한아틀라스를 발명하지 않았다면, 그녀의 어머니가 발명했을지도 모르겠다고 느꼈을 정도였다.

한아틀라스에는 실크 기술자의 애달픈 곡절이 담겼다.

기술자의 딸에게 반한 왕이 있었다. 기술자는 왕과의 혼인을 반대했다. 왕의 나이는 60세, 기술자 딸의 나이는 15세였다. 왕은 기술자에게 숙제를 냈다. 내일까지 세상에서 가장 아름다운 실크를 가져오라고. 그러면 네 뜻에 따르겠다고. 기술자는 그 숙제를 이룰 수 없어 강가에서 하염없이 울었다. 그때 눈물이 떨어진 강 속의 구름이 지금까지 본 적이 없는 아름다운 무늬를 만들어냈다. 기술자는 밤새 그 무늬를 새긴 실크를 직조해 왕에게 바쳤다. 한아틀라스는 그 실크의 이름이다.

나는 그녀의 무릎 위에 얹힌 히잡을 집어 침대 위에 올려놓았다. 히잡에서 고혹적인 향기가 풍겼다. 그녀가 한 걸음 다가와 무너지듯 안겼다. 가슴에 충격이 왔다. 그녀가 기분 상하지 않을 정도로 몸을 옆으로 뺐다. 물론 아파서 그런 것만은 아니었다.

"불미한 지난 경험이 되레 우리 사랑을 보다 완벽하게 가꾸어줄 거예요. 초원의 양들이 염소를 길잡이 삼듯 저는 영원히 당신만을 따르겠어요."

그녀가 다시 품에 파고들었다. 내가 겸연쩍어서 그녀를 받아들이지 못하는 줄 아는가 보았다.

"이 세상에 당신처럼 귀중한 존재는 없어요. 당신은 진심을 말하고 진심으로 행동하는 분이에요. 당신에게 아내가 있는 건 아무 문제가 안 돼요. 저는 이슬람교도예요. 생활비가 부족하다고 번민하는 모습을 보이지 않겠어요. 담배 냄새가 싫다고 하지 않겠어요. 어떤 경우에도 당신을 부끄러워하지 않겠어요."

그녀가 내게 안겼는지 내가 그녀에게 안겼는지 분간하기 어려울 만큼 몸과 몸 사이에 목화솜 같은 안온함이 넘실댔다. 통증도 더불어 넘실댔다.

"풀기 어려운 단점이 제게 있다면, 시시때때 변하는 당신의 마음을 읽지 못하는 거예요. 혹여 제가 돌아서서 한숨을 쉬는 모습을 보이거든 당신 때문에 속상해서 그런 게 아니라 제 수양이 부족한 걸 한탄하는 거라고 생각해주세요. 우리의 사랑이 제 희생 위에서 이루어진다고 당신이 괴로워할 것도 알아요. 서울의 가족들에게 미안해할 것도 알아요. 그래서 전 당신에게 없는 듯 있는 사람이 되겠어요."

그녀가 몸을 일으켜 원피스를 벗었다. 마트료시카 인형처럼 여러 겹의 얇은 실크 속옷을 입고 있었다. 옷들이 양탄자 위로 미끄러져 내렸다. 도톰한 엉덩이가 노골적으로 보이기 시작했을 때 나는 일어서서 담배를 빼 물었다.

"아무래도 난 길들여지지 않는 늑대야. 늑대를 괴롭히지 말라고."

나는 창밖으로 눈길을 돌렸다. 하늘에 샹들리에를 밝혀 놓은 듯 별들이 총총했다.

3

따가운 아침 햇살이 식당 유리창에 걸렸다.

"어젯밤은 추웠어요."

빵에 잼을 바르며 일연 형이 투덜댔다. 세상의 희비에서 멀찍이 물러나 앉은 것 같은 형의 성품으로 봐서 이쯤 말했으면 정말 추웠을 성싶었다.

"이불이 없더군."

상문 형도 추웠던가 보았다. 침대에 깔린 홑이불을 시트로 여겨 덮지 않았을 것이다. 나 또한 침대에 누운 직후에는 그랬다.

"냉장고도 찾는 분이 이불을 못 찾았어요?"

효 형이 참견했다. 어젯밤 상문 형이 냉장고와 얽힌 무슨 우스꽝스런 일을 저질렀던 모양이었다. 술자리가 늦게까지 이어졌을 것이다.

"나는 휴대폰에 베개를 베어줬어."

영재 형이 생뚱맞은 말을 했다.

"오늘은 아프라시압 궁전 옛터의 벽화를 보러 갈 거죠?"

쓸데없는 소리들 그만하라는 듯 경철 형이 물었다.

"새 깃털 모자鳥羽冠를 쓴, 고구려나 신라에서 온 사신으로 보이는 사람 둘이 그 벽화에 있대요."

사성 형이 벽화를 설명했다. 추인, 도선, 금용, 지헌, 우남 형은 옆 테이블에서 식사 중이었다. 경 형은 보이지 않았다. 경 형이 오면 일행이 다 온 거라고 여정 중에 내가 말한 적이 있었다. 마침 그때 경 형이 곁에 있어서 무안했었다. 지헌 형이 경 형을 데리고 나오지, 하는 원망이 잠시 일었다. 형은 일행의 대장과 총무 감투를 독박 쓴 처지였다. 자칫하면 남자 쫄따구인 내가 부르러 가야 할 것 같았다. 그러면서도 아냐, 저래야 돼, 라고 생각을 바꾸고 한 수 배웠다는 생각을 했다.

"정이는 어찌 말이 없다. 쟈는 따뜻하게 갔나 봐."

상문 형이 내게 눈길을 돌렸다.

"쟈는 말만 없는 게 아니라 소도, 양도 없어."

영재 형이 덧붙였다. 나는 어젯밤 늑대가 신음하는 소리를 못 들었느냐고 물으려다가 피식, 웃고 말았다.

김우남

2001년《실천문학》등단. 소설집『엘리베이터 타는 여자』『뻐꾸기 날리다』등. 직지소설문학상 등 수상.

김금용

1997년《현대시학》등단. 시집『넘치는 그늘』『핏줄은 따스하다, 아프다』등. 펜번역문학상, 동국문학상 등 수상.

김영재

1974년《현대시학》등단. 시집『히말라야 짐꾼』『화답』등. 중앙시조대상, 고산문학대상 등 수상.

김일연

1980년《시조문학》등단. 시집『꽃벼랑』『엎드려 별을 보다』등. 유심작품상, 이영도문학상 등 수상.

김지헌

1997년《현대시학》등단. 시집『회중시계』『배롱나무 사원』등.

김추인

1986년《현대시학》등단. 시집『프렌치키스의 암호』『행성의 아이들』등. 만해'님'문학상 작품상 수상.

윤효

1984년 《현대문학》 등단. 시집 『햇살방석』 『참말』 등. 영랑시문학상, 풀꽃문학상 등 수상.

이경

1993년 《시와시학》 등단. 시집 『푸른 독』 『오늘이라는 시간의 꽃 한 송이』 등. 유심작품상, 시와시학상 등 수상.

이경철

2010년 《시와시학》 등단. 시집 『그리움 베리에이션』, 평전 『미당 서정주 평전』 등. 현대불교문학상, 질마재문학상 등 수상.

이상문

1983년 《월간문학》 등단. 소설집 『이런 젠장맞을 일이』, 장편소설 『황색인』 등. 윤동주문학상, 한국펜문학상 등 수상.

이정

2010년 《계간문예》 등단. 장편소설 『국경』 『압록강 블루』. 아르코문학 창작기금 받음.

최도선

1987년 〈동아일보〉 등단. 시집 『겨울 기억』 『서른아홉 나연 씨』, 비평집 『숨김과 관능의 미학』. 한국문화예술진흥원 지원금 받음.

홍사성

2007년 《시와시학》 등단. 시집 『내년에 사는 法』.

중앙아시아 여행 시와 산문

다시 사막에서 열흘

—

초판 1쇄 2018년 4월 30일
지은이 김금용 · 김우남 외
펴낸이 김영재
펴낸곳 책만드는집

—

주소 서울 마포구 양화로 3길 99 4층 (04022)
전화 3142-1585 · 6
팩스 336-8908
전자우편 chaekjip@naver.com
출판등록 1994년 1월 13일 제10-927호
ⓒ 김금용 · 김우남 외, 2018

—

—

ISBN 978-89-7944-651-7 (03810)